Lewis Carroll

tradução de
Caetano W. Galindo

e artes de
Giovanna Cianelli

Coordenação editorial . . . . BÁRBARA PRINCE
Editorial . . . . ROBERTO JANNARELLI
VICTORIA REBELLO
ISABEL RODRIGUES
DAFNE BORGES
Comunicação . . . . MAYRA MEDEIROS
GABRIELA BENEVIDES
Preparação . . . . MÁRCIA COPOLA
Revisão . . . . LEONARDO ORTIZ
JOÃO RODRIGUES
Diagramação e
produção gráfica . . . . DESENHO EDITORIAL
Projeto gráfico e capa . . . . . . GIOVANNA CIANELLI

Apresentação
FERNANDA TAKAI

Textos de
GIOVANNA CIANELLI
ELISA GERGULL
NATHÁLIA XAVIER THOMAZ
ANA CARLA BELLON

Entraram na toca do Coelho
DANIEL LAMEIRA
LUCIANA FRACCHETTA
RAFAEL DRUMMOND
&
SERGIO DRUMMOND

As aventuras de Alice no País das Maravilhas

Antofágica

Apresentação
por
Fernanda Takai

Alice, querida, mais uma vez te encontro.

Nunca me acostumo com nossos tamanhos e mesmo assim tenho certeza de seguir caindo contigo atrás do Coelho Branco. Eu mal sabia ler quando soube que você existia. Contavam sua história pra mim. Na primeira vez que desvendei as letras dessa aventura com meus próprios olhos, era bem novinha e tudo me parecia tão normal. Minha imaginação adorava esse mundo fantástico.

Fui adolescendo e as dúvidas, aparecendo. Como não tinha notado essa e aquela passagem? Virei adulta e achei a sua história cada vez mais complexa. Mas espera! Não era pra ser o contrário?

Só que, por aí, nada é o que parece ser. E por aqui também não.

Teve uma vez em que a minha cabeça ficou tão maluca... eu já tinha mais de trinta anos quando alguém me disse pra abrir umas portas diferentes, experimentar outras chaves. E muitas delas estavam bem aqui, de cabeça pra baixo, dentro de um bolo ou escondidas no sorriso enorme de um gato... Sempre que me questionei, tentei ouvir o que as rosas falavam. Deslizei num tobogã de poesias esquadrinhadamente tortas.

Depois dos quarenta, me chamaram pra ser a sua voz numa peça de teatro de bonecos. Escrevi um punhado de canções, que você cantou ali comigo também.

Eu fui você, Alice.

Encolhi e estiquei. Fiquei aflita, fiquei brava. Chorei e não me afoguei. Ri muito, principalmente de mim mesma.

Meu cabelo continua precisando de um corte e uma gatinha ainda me faz companhia.

Aos cinquenta, precisei lhe escrever esta carta.

Agora me diz, não foi tudo realmente um sonho, né?

Com amor,

Fernanda

Fernanda Takai

é cantora, compositora e escritora. Há 30 anos vocalista da banda mineira Pato Fu, foi vencedora de cinco Discos de Ouro, dois APCA e um Grammy Latino, entre outros prêmios. Tem quatro livros publicados, dentre os quais *O cabelo da menina*, vencedor do Prêmio Jabuti. É mãe da Nina e dona de um apetite inesgotável por novos & velhos lugares, comidas, letras, sons e imagens.

As aventuras de Alice no País das Maravilhas

Sob a dourada luz da tarde,
Singramos arrastados;
Pois quem conduz nossos dois remos
São braços delicados,
E mãos pequenas fingem ter-nos
Constantes, norteados.

Ah, Trio cruel! Num tal momento,
Com tempo tão perfeito,
Pedir que narre quem não traz
Alento algum no peito!
Mas um não há de resistir
A três com o mesmo pleito!

Imperiosa, Prima diz:
"Comece!" em tom mais bruto...
Secunda, graciosa, exige:
"Bobagem!" no produto...
E Tertia vai interrompendo
Dez vezes por minuto.

Mas logo ficam em silêncio,
E vão acompanhando
A sonhadora ao seu país
Tão novo visitando,
Com animais que até conversam...
E quase acreditando.

E quando estava já esgotada
Sua imaginação,
E procurava o fatigado
A continuação:
"Depois tem mais...",
"Já é depois!"
Ouvia alegre então.

E as Maravilhas se inventaram:
Aos poucos, lentamente,
Criaram-se seus doidos feitos...
E é hora de seguir em frente;
Num bote alegre que retorna
À luz do sol poente.

Alice!, com mão leve toma,
Esta pequena história,
E guarda lá onde dormem sonhos,
No mundo da memória,
Como o que guarda o peregrino
De sua trajetória.

Capítulo I

Pela toca do Coelho

Alice estava começando a achar bem cansativo aquilo de ficar sentada ao lado da irmã na ribanceira, e sem ter o que fazer: uma ou duas vezes espiou o livro que a irmã estava lendo, mas não tinha nem figuras nem conversas, "E pra que é que serve um livro", pensou Alice, "sem figuras ou conversas?".

Então ela ia considerando, dentro da sua cabeça (o melhor que podia, pois o dia quente a deixava bem sonolenta e abobada), se o prazer de fazer uma correntinha de margaridas faria valer a pena levantar e ir catar as margaridas, quando de repente um Coelho Branco de olhos vermelhos passou correndo por ela.

Aquilo não tinha nada de *muito* notável; e Alice também não achou *muito* anormal ouvir o Coelho dizer baixinho a si mesmo:

— Minha nossa! Minha nossa! Vou chegar muito atrasado! — (quando pensou a respeito mais tarde, lhe ocorreu que devia ter ficado espantada com aquilo, só que no momento tudo lhe pareceu bem natural); mas quando o Coelho chegou ao ponto de *tirar um relógio do bolso do colete*, e olhar para ele, e aí sair apressado, Alice se pôs de pé num salto, pois lhe veio à mente que nunca tinha visto um coelho nem de colete nem com um relógio para tirar do colete, e, fervendo de curiosidade, ela saiu correndo atrás dele, bem a tempo de vê-lo sumir numa grande toca debaixo da sebe.

Sem demora Alice mergulhou atrás dele, sem nem parar para pensar como é que havia de sair de lá.

A toca seguia reta como um túnel por um tempo, e depois virava de repente para baixo, tão de repente que Alice não teve tempo de pensar em se segurar antes de se ver caindo no que parecia ser um poço bem fundo.

♥ **As aventuras de Alice no País das Maravilhas** ♥

Ou o poço era bem fundo, ou ela caiu bem devagar, pois enquanto ia descendo teve tempo de sobra para olhar em volta e se perguntar o que ia acontecer depois. Primeiro, tentou olhar para baixo e enxergar o que a esperava, mas estava escuro demais para ela ver alguma coisa: então olhou para as paredes do poço e percebeu que estavam cheias de armários e de estantes: aqui e ali, viu mapas e quadros pendurados em ganchinhos. Tirou um pote de uma das estantes quando passou por ela: o rótulo dizia GELEIA de LARANJA, mas, para grande decepção de Alice, estava vazio: ela não quis largar o pote, de medo de matar alguém lá embaixo, então deu um jeito de deixá-lo num dos armários enquanto ia caindo.

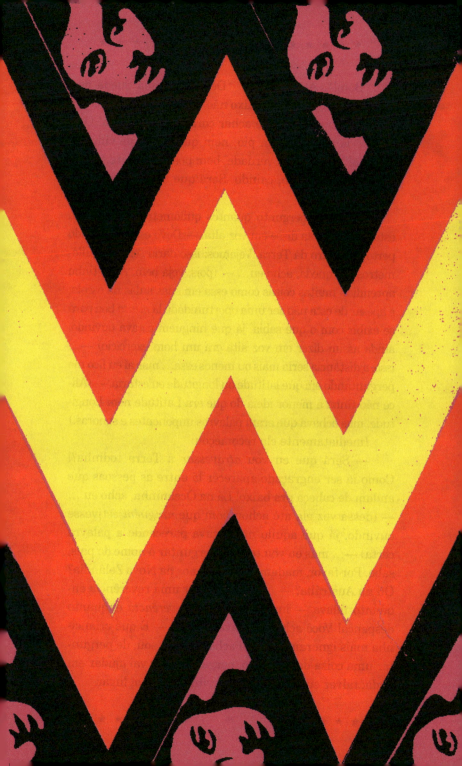

★ ★ ★ ★ ★ ★ Lewis Carroll ★ ★ ★ ★ ★ ★

"Bom!", Alice pensou. "Depois de uma queda dessas, despencar escada abaixo não vai ser grande coisa pra mim! Como eles vão me achar corajosa lá em casa! Ora, eu não ia dar nem um pio, nem que caísse de cima do telhado!" (O que era verdade, bem possivelmente.)

Caindo, caindo, caindo. Será que a queda não acabava *nunca*?

— Eu me pergunto quantos quilômetros eu já caí a esta altura — ela disse em voz alta. — Devo estar chegando perto do centro da Terra. Vejamos: isso daria seis mil quilômetros de queda, acho eu... — (pois, veja bem, Alice tinha aprendido muitas coisas como essa em suas aulas na escola, e apesar de esta não ser uma oportunidade lá *muito* boa para se exibir com o que sabia, já que ninguém estava ouvindo, ainda assim dizer em voz alta era um bom exercício) —... isso, a distância seria mais ou menos essa... mas aí eu fico me perguntando em que latitude ou longitude eu estaria. — (Alice não tinha a menor ideia do que era Latitude nem Longitude, mas achava que eram palavras imponentes e sonoras.)

Imediatamente ela recomeçou:

— Será que eu vou *atravessar* a Terra todinha?! Como ia ser engraçado aparecer lá entre as pessoas que andam de cabeça pra baixo! Lá na Oceaninha, acho eu ... — (dessa vez ela até achou bom que *ninguém* estivesse ouvindo, já que aquilo não estava parecendo a palavra certa) —... mas eu vou ter que perguntar o nome do país, sabe. Por favor, madame, nós estamos na Nova Zelândia? Ou na Austrália? — (e tentava fazer uma reverência enquanto falava — imagine só, uma *reverência* enquanto despenca! Você acha que dava conta?) — E que criancinha mais ignorante ela vai achar que eu sou, de perguntar uma coisa dessas! Não, perguntar não vai ajudar em nada: talvez eu veja o nome escrito em algum lugar.

Caindo, caindo, caindo. Não havia mais o que fazer, então Alice logo começou a falar de novo:

— Dinah vai sentir muito a minha falta hoje à noite, imagino! — (Dinah era a gata.) — Tomara que não esqueçam do pires de leite pra ela na hora do chá. Dinah, meu amor! Queria que você estivesse aqui embaixo comigo! Não tem rato no ar, infelizmente, mas você podia pegar um morcego, e isso já fica bem perto de um rato, sabe. Mas será que gato come morcego?

E aqui Alice foi ficando com muito sono, e repetindo, quase como quem estivesse sonhando: "Será que gato comorcego? Será que cego comorgato?" e às vezes "Será que morcego come gato?" porque, sabe, já que ela não sabia a resposta nem de uma pergunta nem de outra, não fazia muita diferença dizer assim ou assado. Percebeu que estava adormecendo, e que tinha começado a sonhar que caminhava de mãos dadas com Dinah e lhe dizia, toda séria: "Mas, Dinah, me diga a verdade: você já comeu algum morcego?", quando, de repente,

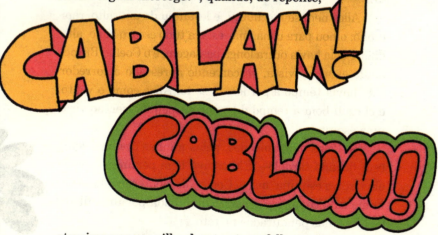

aterrissou numa pilha de gravetos e folhas secas, e a queda chegou ao fim.

Alice nem se machucou, e levantou de um salto, rapidinho: olhou para cima, mas estava tudo escuro lá no alto: diante dela havia outra longa passagem, e o Coelho Branco ainda estava à vista, percorrendo apressado o corredor. Não havia tempo a perder: lá se foi Alice como o vento, e chegou bem a tempo de ouvir o Coelho dizer, ao virar uma esquina:

— Pelos meus bigodes, pelas minhas orelhas, como está ficando tarde! — Ela estava bem pertinho quando ele virou a esquina, mas o Coelho desapareceu; ela se viu numa sala comprida e baixa, iluminada por uma fileira de lanternas penduradas no teto.

Na sala havia muitas portas em todas as paredes, mas todas trancadas; e depois que Alice percorreu todo

um lado, e depois o outro, testando cada porta, ela sentou triste bem no meio, pensando como haveria de sair dali.

De repente percebeu uma mesinha de três pernas, toda feita de vidro maciço; a única coisa em cima dela era uma minúscula chave de ouro, e a primeira coisa em que Alice pensou foi que a chave devia ser de alguma das portas da sala; mas, que pena!, ou as fechaduras eram grandes, ou a chave era pequena, mas de um jeito ou de outro nunca dava certo abrir as portas com ela. No entanto, na segunda vez, Alice percebeu uma cortina baixinha que não tinha visto antes, e atrás dela havia uma portinha de uns quarenta centímetros de altura; ela testou a chave dourada na fechadura, e com imenso prazer viu que funcionava!

★ ★ ★ ★ ★ ★ **Lewis Carroll** ★ ★ ★ ★ ★ ★

Alice abriu a porta e descobriu que ela dava para uma passagem estreita, não muito maior que uma toca de rato; ela se ajoelhou para olhar pela passagem e viu o jardim mais bonito do mundo. Ah, como ela queria sair daquela sala escura e andar por entre os canteiros de flores coloridas e as fontes fresquinhas do jardim! Mas não conseguia nem fazer a cabeça passar pela porta. "E mesmo que a minha cabeça coubesse aqui", pensou a coitadinha da Alice, "não ia ser muito útil sem os ombros. Ah, como eu queria encolher que nem um telescópio! Acho que dava, era só saber como começar." Pois, veja bem, tanta coisa estranha andava acontecendo, que Alice tinha começado a pensar que pouquíssimas ideias eram impossíveis de verdade.

Ficar esperando lá não parecia fazer muito sentido, então ela voltou até a mesa, pensando que talvez fosse encontrar outra chave ali, ou quem sabe um livro de receitas para encolher as pessoas que nem telescópio; dessa vez encontrou um pequeno frasco ("Que com certeza não estava aqui antes", disse Alice), e amarrado no gargalo do frasquinho estava um rótulo de papel com as palavras BEBA-ME impressas em letras grandes bem bonitas.

Uma coisa era alguém dizer "Beba-me", mas a pequena Alice era bem inteligente e não ia sair fazendo uma coisa *dessas* de uma hora pra outra.

— Não, primeiro eu vou dar uma olhada — ela disse — e ver se está escrito VENENO ou não — pois tinha lido diversas historinhas bonitas sobre crianças que acabaram queimadas, comidas por animais selvagens e que tiveram outros fins desagradáveis só porque fizeram *questão* de esquecer as regras simples que aprenderam com os amiguinhos: tais como, um atiçador de lareira todo em brasa vai te queimar se você segurar por muito tempo; e se você cortar o dedo *bem* fundo com uma faca, ele normalmente sangra; e ela

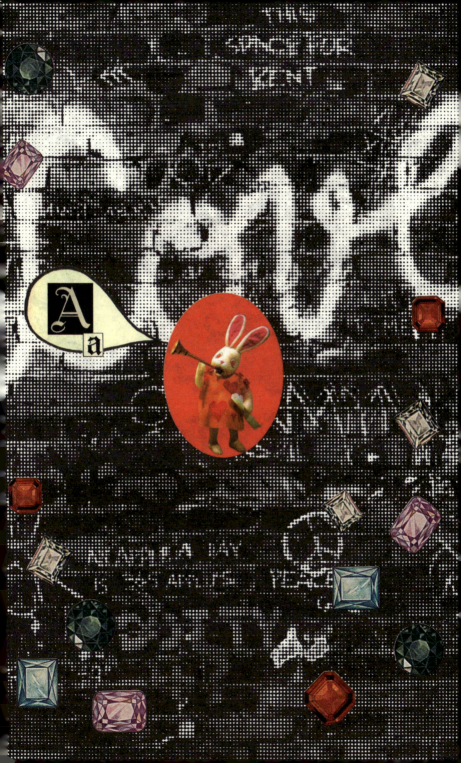

COLA

nunca esqueceu que, se você tomar alguma coisa de um frasco marcado como VENENO, é quase certeza que aquilo, cedo ou tarde, não vai te cair muito bem.

Contudo, aquele frasco *não estava* marcado como VENENO, então Alice decidiu dar uma provadinha, e como sentiu que era bem gostoso (tinha, na verdade, um gosto que era meio uma mistura de torta de cereja, creme, abacaxi, peru assado, caramelo e torrada quentinha com manteiga), tomou o frasco todinho.

* *. *

— Que sensação curiosa — disse Alice. — Eu devo estar encolhendo que nem telescópio!

E era bem isso mesmo: ela agora tinha menos de trinta centímetros de altura, e seu rosto se acendeu inteiro quando ela percebeu que agora tinha o tamanho certinho para passar pela porta daquele jardim tão bonito. Mas primeiro ela esperou uns minutinhos para ver se não ia encolher ainda mais.

— Porque isso pode acabar, veja bem — disse Alice para si própria —, comigo desaparecendo de vez, que nem uma vela que vai apagando. O que será que eu seria, então? — E tentou imaginar como era a chama de uma vela depois que alguém assopra, pois não conseguia lembrar de ter visto uma coisa dessas.

Depois de um tempo, quando viu que nada mais acontecia, ela decidiu ir de uma vez até o jardim; mas coitadinha da Alice! Quando chegou à porta, ela viu que tinha esquecido a chavinha dourada, e quando voltou até a mesa para pegar, percebeu que não tinha mais como alcançar: podia ver nitidamente a chave sobre o vidro, e tentou como pôde escalar uma das pernas da mesa, mas aquilo escorregava demais; e quando ficou cansada de tanto tentar, a pobrezinha sentou no chão e chorou.

— Ora, não adianta ficar chorando assim! — disse Alice para si mesma, num tom bem severo. — É melhor você ir parando já com isso! — Ela normalmente se dava excelentes conselhos (apesar de quase nunca seguir), e às vezes tomava broncas tão duras de si própria que ficava com os olhos cheios d'água; e lembrava que uma vez tentou se estapear por ter trapaceado quando jogava *croquet* contra si mesma, pois essa criança curiosa gostava muito de fingir que era duas pessoas. "Mas não adianta agora", pensou a pobre Alice, "você fingir que é duas pessoas! Ora, mal sobrou Alice pra fazer *uma* pessoa decente."

Ela logo percebeu uma caixinha de vidro que estava debaixo da mesa; abriu, e descobriu ali dentro um bolo bem pequenininho, com as palavras COMA-ME, bem bonitas, escritas com groselhas.

— Bom, eu vou comer — disse Alice — e se ficar maior, eu posso pegar a chave; e se ficar menor, posso passar por baixo da porta; então, de um jeito ou de outro, eu vou chegar ao jardim, e por mim tanto faz!

Comeu um pedacinho e disse nervosa a si mesma:

— Qual vai ser? Qual vai ser? — com a mão em cima da cabeça para ver em que sentido ia se mexer; e ficou muito surpresa ao ver que continuava do mesmo tamanho. É bem verdade que isso é o que normalmente acontece quando você come um bolo; mas Alice já estava tão acostumada a esperar que só acontecessem coisas estranhas, que lhe parecia bobo e bem sem graça isso de a vida seguir do seu jeito de sempre.

Então ela pôs mãos à obra e logo logo comeu o bolo todinho.

Capítulo II

O lago de lágrimas

— Mas que intrigação! — exclamou Alice (estava tão surpresa que por um momento esqueceu completamente de falar direito). — Agora eu estou espichando que nem o maior telescópio de todos os tempos! Tchau, pezinhos! — (Pois quando olhou para os pés, eles pareciam quase ter sumido, de tão longe que estavam.) — Ah, coitados dos meus pezinhos, agora quem será que vai colocar sapato e meia em vocês, meus queridos? Porque *eu* é que não vou conseguir! Eu vou estar pra lá de longe demais de vocês pra me dar a esse trabalho; vocês vão ter que se virar; mas eu preciso ser boazinha com eles — pensou Alice — ou pode ser que não me levem aonde eu quero ir! Vejamos: eu vou dar botas novas pra eles todo Natal.

E foi pensando como ia resolver aquilo. "Vou ter que mandar por mensageiro", pensou; "e que coisa mais engraçada que vai ser, mandar presente pros meus próprios pés! E como o endereço vai ficar esquisito!"

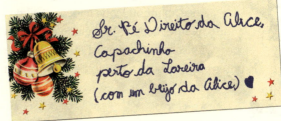

Sr. Pé Direito da Alice.
Capachinho
perto da Lareira
(com um beijo da Alice)

— Ah, céus, como eu estou falando bobagem!

Bem nesse momento sua cabeça bateu no teto do salão; ela na verdade estava agora com quase três metros de altura, e imediatamente pegou a chavinha dourada e foi correndo para a porta do jardim.

Coitada da Alice! Deitada ali de lado, só conseguia espiar o jardim com um olho; mas entrar ficou ainda mais impossível; ela sentou e começou a chorar de novo.

— Você devia era criar juízo — disse Alice —, uma menina desse tamanhão — (isso ela bem podia dizer) —, ficar chorando desse jeito! Pare agorinha mesmo, que eu estou mandando! — Mas ela nem deu bola e ficou chorando litros de lágrimas, até se ver no meio de um grande lago, com dez centímetros de profundidade, que cobria metade da sala.

Depois de um tempo ouviu pezinhos tamborilando ao longe e enxugou correndo os olhos para ver o que chegava. Era o Coelho Branco que voltava, com roupas magníficas, um par de luvas brancas de pelica numa das mãos e, na outra, um grande leque; vinha bem apressadinho, murmurando enquanto isso:

— Ah! a Duquesa, a Duquesa! Ah! Ela vai enlouquecer se eu me atrasar!

Alice estava num desespero tão grande que aceitaria pedir ajuda a qualquer um; então, quando o Coelho chegou mais perto, foi dizendo, numa voz baixa e tímida:

— Se não for incômodo, senhor...

O Coelho tomou um susto violento, derrubou as luvas de pelica e o leque, e disparou o mais rápido que pôde para um canto escuro.

Alice apanhou leque e luvas, e como o salão estava muito quente, ficou se abanando enquanto falava:

— Que coisa, que coisa! Está tudo tão esquisito hoje! E ontem estava bem normal. Será que eu fui trocada por alguém durante a noite? Deixa eu pensar: eu *era* a mesma quando acordei hoje de manhã? Estou quase achando que me lembro de estar meio diferente. Mas se eu não sou a mesma, a questão seguinte é: quem é que eu sou, afinal? Ah, mas *aí* é que está o enigma! — E começou a pensar em todas as crianças da sua idade que conhecia, para ver se podia ter sido trocada por uma delas. — Certeza que eu não sou a Ada, porque o cabelo dela faz uns cachos tão compridos, e o meu não tem cacho nenhum; e certeza que a Mabel é que eu não posso ser, porque eu sei uma montoeira de coisas, e ela, ah!, ela sabe tão pouquinho! Além de tudo, *ela* é ela, e *eu*, eu, e... ah, céus, situaçãozinha mais confusa! Deixa ver se eu sei tudo que eu sabia. Vejamos: quatro vezes cinco é doze, e quatro vezes seis é treze, e quatro vezes sete é... ah, céus! Desse jeito eu nunca chego em vinte! Tudo bem que a Tabuada não tem tanta importância; vamos ver Geografia. Londres é a capital de Paris, e Paris é a capital de Roma, e Roma... não, está *tudo* errado, certeza! Devem ter me trocado pela Mabel! Deixa eu tentar recitar "Como pode..." — E ela cruzou as mãozinhas no colo como se estivesse na escola e começou a recitar o poema, mas sua voz soava rouca e estranha, e as palavras não saíram como sempre saíam:

>Como pode o crocodilo
>viver fora d'água fria?
>Como pode lá no Nilo
>de barriga tão vazia?
>
>Como poderá viver?
>Como poderá comer?
>Engolindo num sorriso
>Mil peixinhos num bom dia!
>Todo alegre num sorriso
>Engolindo todo dia!

— Certeza que não era assim — disse a pobre Alice, seus olhos ficando novamente cheios de lágrimas enquanto recitava. — Acho que eu sou mesmo a Mabel, e vou ter que ir morar lá naquela casinha mirrada, e ficar quase sem brinquedos e, ah!, com tanta lição pra aprender! Não, está decidido; se eu for a Mabel, vou ficar aqui embaixo! Eles que metam a cabeça no buraco e digam "Sobe de novo, querida!", eu vou só olhar pra cima e dizer "E eu sou quem, então? Primeiro me digam, e aí, se eu gostar de ser essa pessoa, eu subo; se não, fico aqui até ser outra"... mas, ah, céus! — gritou Alice, abrindo de novo o berreiro. — Como eu queria que alguém metesse *mesmo* a cabeça no buraco! Eu estou *tão* cansada de ficar aqui sozinha!

Quando disse isso, ela olhou para as mãos, e ficou surpresa ao perceber que tinha calçado uma das luvinhas brancas de pelica do Coelho, enquanto falava. "Mas como *é* que eu fiz uma coisa dessas?", pensou. "Eu devo estar ficando pequena de novo." Alice levantou e foi até a mesa para se medir em comparação com ela, e descobriu que, até onde pudesse estimar, estava agora com pouco mais de meio metro de altura, e continuava encolhendo velozmente; ela logo descobriu que o motivo disso tudo era o leque que segurava, e o largou correndo, bem a tempo de não sumir de vez.

— Essa foi por pouco *mesmo*! — disse Alice, bem assustada com essa mudança repentina, mas muito contente de ver que ainda existia. — E agora vamos conferir esse jardim! — E saiu correndo a toda a velocidade até a portinha; mas, ai, ai, ai!, a portinha estava fechada de novo, e a chave dourada estava outra vez lá em cima da mesa de vidro, "E a situação nunca esteve pior", pensou a pobre criança, "porque eu nunca fui tão pequena, nunquinha! E na minha modesta opinião isso tudo está muito ruim!"

No que ela disse essas palavras, seu pé escorregou e, num piscar de olhos, tibum!, estava mergulhada até o queixo em água salgada. Primeiro pensou que devia ter caído no mar.

— E nesse caso eu posso voltar de trem — ela disse a si mesma. (Alice tinha viajado uma única vez para o litoral, e chegou à conclusão geral de que em qualquer lugar do litoral da Inglaterra podiam-se encontrar diversas cabines de praia, umas crianças cavando na areia com pás de madeira, depois uma fileira de casas de pensão, e atrás delas uma estação ferroviária.) No entanto, ela logo compreendeu que estava no lago das lágrimas que chorou quando tinha quase três metros de altura. — Quem dera eu não tivesse chorado tanto! — disse Alice enquanto nadava, tentando encontrar uma saída. — Acho que o meu castigo vai ser me afogar nas minhas próprias lágrimas! Isso vai ser esquisito *mesmo*, certeza! Só que já está tudo esquisito hoje.

Bem nesse momento ouviu alguma coisa espirrando água mais ao longe no lago, e foi nadando para entender o que era; primeiro pensou que devia ser uma morsa ou um hipopótamo, mas aí lembrou que estava pequeninha agora, e logo compreendeu que era só um camundongo que tinha caído ali, como ela.

"Será que vale a pena", pensou Alice, "falar com esse camundongo? Tudo é tão diferente aqui embaixo, que eu diria que é bem possível que ele fale; na pior das hipóteses, não custa tentar." Então foi dizendo:

— Ó Camundongo, você sabe onde fica a saída deste lago? Eu estou bem cansada de ficar nadando por aqui, ó Camundongo! — (Alice achava que era assim que se falava com um camundongo; nunca tinha feito uma coisa dessas na vida, mas lembrava de ter visto na gramática latina do irmão: "Um camundongo... de um camundongo... para

um camundongo... um camundongo... ó camundongo!".)
O Camundongo olhou para ela com uma carinha intrigada, e pareceu piscar com um olho só, mas não abriu a boca.

"Vai ver ele não entende inglês", pensou Alice; "pode muito bem ser um camundongo francês, que veio com Guilherme, o Conquistador." (Pois, apesar de ter muitos conhecimentos históricos, Alice não tinha uma noção lá muito clara de quanto tempo fazia que as coisas tinham acontecido.) Então foi dizendo de novo:

— *Où est ma chatte?* — que era a primeira frase da sua cartilha de francês. — Ah, mil perdões! — gritou Alice, apressada, com medo de ter ofendido o coitado do bichinho. — Esqueci completamente que você não gosta de gato.

— Que eu não gosto de gato! — gritou o Camundongo, com uma voz fininha e veemente. — E por acaso *você* ia gostar de gato se fosse eu?

— Ora, pode ser que não — disse Alice, num tom pacificador —, mas não fique bravo. E eu ainda queria era poder te mostrar a nossa gata, a Dinah; acho que você ia começar a gostar de gato só de ver a Dinah. Ela é um bichinho tão fofo e tão quietinho — Alice foi falando, quase sozinha, enquanto nadava preguiçosa pelo lago —, e fica sentadinha ronronando tão bonito na frente da lareira, lambendo as patinhas e lavando o rosto... e é tão fofa de pôr no colo... e é tão boa pra caçar camundongo... ah, mil perdões! — gritou Alice de novo, pois dessa vez o Camundongo ficou todo arrepiado, e ela teve certeza de que ele estava ofendidíssimo. — A gente não fala mais dela se você preferir.

— A gente quem? — gritou o Camundongo, que tremia até a ponta do rabo. — Como se *eu* fosse falar de uma coisa dessas! A minha família sempre *odiou* os gatos; uns bichos malvados, grosseiros, vulgares! Não me diga de novo essa palavra!

— Claro que não! — disse Alice, mais que interessada em mudar logo de assunto. — E você... você gosta... de... de cachorro? — O Camundongo não respondeu, então Alice continuou, animada: — Tem um cachorrinho tão bonito lá perto de casa, eu queria te mostrar! Um terrier pequeninho com uns olhos enormes, sabe, e de pelo tão comprido, castanho e enroladinho! E ele pega as coisas que a gente joga, e senta pra pedir comida, faz todo tipo de coisa... eu não lembro nem metade... e o dono é um fazendeiro, sabe, e ele diz que o cachorro é tão útil que vale mil libras! Diz que ele mata todos os ratos e... ah, céus! — gritou Alice, num tom tristonho. — Acho que ofendi o bicho de novo! — Pois o camundongo estava nadando em disparada para longe dela, e agitando toda a água do lago.

Então chamou delicadamente por ele:

— Camundongo querido! Volte, por favor, aí a gente não fala nem de gato nem de cachorro, já que você não gosta deles! — Quando o Camundongo ouviu isso, se virou e veio nadando lentamente na direção dela; estava com a cara muito pálida (de irritação, Alice pensou), e disse numa voz baixa e trêmula:

— Vamos até a praia, e aí eu te conto a minha história, e você vai entender por que eu odeio gatos e cachorros.

Já estava mais do que na hora de sair de lá, pois o lago ia ficando lotado com as aves e os animais da terra que caíram ali; havia um Pato e um Dodô, um Louro e um filhote de Águia, além de várias outras criaturas curiosas. Alice foi na frente, e o grupo todo nadou até a praia.

Capítulo III

Uma corrida eleitoral e uma cauda caudalosa

Era de fato um grupo esquisito, reunido ali na margem do lago — as aves com as penas empapadas, os animais da terra com o pelo escorrido, e todo mundo pingando, zangado e incomodado.

A primeira questão, obviamente, era como se enxugar; tiveram uma conversinha a respeito, e depois de alguns minutos Alice estava achando muito normal se ver num diálogo amistoso com eles, como se os conhecesse desde sempre. Na verdade, teve uma discussão nada breve com o Louro, que acabou ficando emburrado e só repetia: "Eu tenho razão porque sou mais velho que você"; e Alice é que não ia aceitar esse argumento sem saber quantos anos ele tinha e, como o Louro batia o pezinho e se recusava a informar sua idade, não havia como resolver a questão.

Por fim o Camundongo, que parecia ser a autoridade ali entre eles, exclamou:

— Sentem, vocês todos, e me escutem! *Eu* vou deixar todo mundo seco rapidinho! — Todos eles sentaram imediatamente, numa grande roda, o Camundongo no centro. Alice, ansiosa, não desgrudava os olhos dele, pois estava certa de que ia acabar pegando um resfriado feio se não se secasse logo.

— Rmrm! — pigarreou o Camundongo, com ares de importância. — Todo mundo pronto? Essa é a história mais árida que eu conheço. Silêncio no recinto, por favor! "Guilherme, o Conquistador, cujos intentos contavam com o apoio do papa, recebeu de pronto a indicação dos ingleses, faltos de uma liderança, e que vinham de um passado recente de usurpações e conquistas. Edwin e Morcar, condes da Mércia e da Nortúmbria..."

— Argh! — disse o Louro, estremecendo.

— Mil perdões! — disse o Camundongo, de cara fechada, mas muito educado. — Você falou alguma coisa?

— Eu, não! — disse o Louro, apressado.

— Achei que tinha falado — disse o Camundongo. — Continuando. "Edwin e Morcar, condes da Mércia e da Nortúmbria, declararam preferi-lo; e mesmo Stigand, o patriótico arcebispo da Cantuária, achou aquilo..."

— Ele achou *o quê?* — disse o Pato.

— Achou *aquilo* — o Camundongo replicou, um tanto irritado. — É claro que você sabe o que "aquilo" quer dizer.

— Eu sei muito bem o que "aquilo" quer dizer quando sou *eu* que acho alguma coisa — disse o Pato. — Normalmente é um sapo ou uma minhoca. A questão é: o que foi que o arcebispo achou?

O Camundongo não ouviu essa pergunta, mas prosseguiu, apressado:

— "... achou aquilo recomendável e juntou-se a Edgar Atheling para ir ter com Guilherme e oferecer-lhe a coroa. A conduta de Guilherme foi de início moderada. Mas a insolência de seus normandos..." Como é que você está agora, querida? — ele prosseguiu, olhando para Alice.

— Molhadíssima — disse Alice, num tom melancólico —, parece que isso não está me secando nadinha.

— Nesse caso — disse solene o Dodô, pondo-se de pé —, proponho que a assembleia se dissolva, para imediata adoção de medidas mais enérgicas...

— Fale inglês! — disse o filhote de Águia. — Eu não entendo nem metade dessas palavras complicadas e, pior ainda, acho que nem você entende! — E o filhote de Águia baixou a cabeça para esconder um sorriso; algumas das aves abafaram risadas.

— O que eu ia dizer — falou o Dodô, num tom ofendido — era que a melhor coisa pra gente se secar seria uma corrida eleitoral.

— E *o que é* uma corrida eleitoral? — disse Alice; não que fizesse tanta questão de saber, mas o Dodô tinha feito uma pausa como se achasse que *alguém* devia falar, e ninguém ali parecia inclinado a abrir a boca.

— Ora — disse o Dodô —, a melhor maneira de explicar é fazendo. — (E como você bem pode querer tentar fazer isso também, num dia qualquer de inverno, eu vou te contar como o Dodô conseguiu.)

Primeiro ele marcou a pista da corrida, numa espécie de círculo ("O formato exato não faz diferença", ele disse), e então o grupo todo foi distribuído pela pista, aqui e ali. Não houve "Um, dois, três, já", mas eles começavam a correr quando queriam, e paravam quando lhes dava na veneta, então não era fácil saber quando a corrida tinha acabado. No entanto, depois de correrem por cerca de meia hora, quando já estavam bem sequinhos, o Dodô de repente exclamou:

— A corrida acabou! — E todos o cercaram, de língua de fora, perguntando: — Mas quem ganhou?

Essa pergunta o Dodô não podia responder sem profunda reflexão, e ficou sentado um tempão com um dedo encostado na testa (a posição em que você normalmente vai ver Shakespeare, nos retratos dele), enquanto os outros esperavam em silêncio. Finalmente o Dodô falou:

— *Todo mundo* ganhou, e *ninguém* vai ficar sem prêmio.

— Mas quem é que vai dar os prêmios? — perguntou um verdadeiro coral.

— Ora, *ela*, é claro — disse o Dodô, apontando com um dedo para Alice; e o grupo todo foi correndo até ela, gritando de maneira confusa:

— Prêmios! Prêmios!

Alice nem imaginava o que podia fazer, e desesperada pôs a mão no bolso, e tirou dali uma caixa cheia de balas (por sorte a água salgada não entrou na caixinha), que entregou como prêmios. Deu exatamente uma para cada um.

— Mas ela também tem que ganhar um prêmio, sabe — disse o Camundongo.

— Mas claro — o Dodô replicou com grande seriedade. — O que mais você tem no bolso? — prosseguiu, olhando para Alice.

— Só um dedal — respondeu Alice, triste.

— Passa pra cá — disse o Dodô.

Então eles todos a cercaram de novo, enquanto o Dodô com solenidade lhe oferecia o dedal, dizendo:

— Humildemente pedimos que aceite este elegante dedal. — E quando ele encerrou esse breve discurso, todos celebraram.

Alice achou aquilo tudo muito absurdo, mas eles pareciam tão sérios que ela não ousou rir; e como não conseguia pensar em alguma coisa para dizer, simplesmente fez uma reverência e pegou o dedal, com a cara mais séria que pôde fazer.

Agora era comer as balas; isso causou seu tanto de barulho e confusão, já que as aves maiores reclamavam que não sentiam gosto, e as menores se engasgaram e tiveram que tomar tapinhas nas costas. No entanto, uma hora aquilo acabou, e eles sentaram de novo em círculo, e imploraram que o Camundongo lhes contasse mais alguma coisa.

— Você prometeu que ia contar a sua história, sabe — disse Alice —, e o motivo de você odiar... C e G — acrescentou num sussurro, com um pouco de medo de ele ficar ofendido de novo.

— Minha história é triste e caudalosa! — disse o Camundongo, olhando para Alice e suspirando.

— Eu imagino *mesmo* que seja triste — replicou Alice, olhando admirada para o Camundongo —, mas por que será que ela tem cauda? — E ficou tentando entender esse enigma enquanto o Camundongo falava, por isso acabou imaginando a história mais ou menos assim:

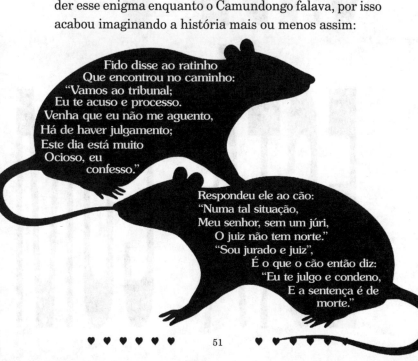

Fido disse ao ratinho
Que encontrou no caminho:
"Vamos ao tribunal;
Eu te acuso e processo.
Venha que eu não me aguento,
Há de haver julgamento;
Este dia está muito
Ocioso, eu
        confesso."

Respondeu ele ao cão:
"Numa tal situação,
Meu senhor, sem um júri,
O juiz não tem norte."
"Sou jurado e juiz",
    É o que o cão então diz:
        "Eu te julgo e condeno,
        E a sentença é de
                morte."

— Você não está prestando atenção! — o Camundongo disse com severidade a Alice.

"ONDE É ESTÁ COM

QUE VOCÊ A CABEÇA?"

— Mil perdões — disse Alice, com toda a humildade —, você tinha chegado até a quinta dobra, eu acho.

— Ah, tenha dó! — gritou o Camundongo, de modo cortante e enfurecido.

— Nó? — disse Alice, sempre pronta a ajudar, e olhando ansiosa em torno. — Posso te ajudar a fazer um nó!

— Você não ajuda coisíssima nenhuma — disse o Camundongo, levantando e se afastando dali. — Você me ofende falando essas bobagens!

— Foi sem querer! — desculpou-se a pobre Alice. — Mas você se ofende fácil demais, sabe!

A resposta do Camundongo foi somente um grunhido.

— Por favor, volte aqui e termine a história! — Alice gritou para ele; e os outros todos fizeram coro:

— Isso mesmo, volte, por favor! — Mas o Camundongo só sacudia a cabeça, impaciente, e apressava o passo.

— Que pena que ele não quis ficar! — suspirou o Louro assim que ele sumiu no horizonte; e uma velha Carangueja aproveitou a oportunidade para declarar à filha:

— Ah, minha querida! Que isso te ensine a *nunca* perder a paciência!

— Nem começa, mãe! — disse a Caranguejovem, um tanto impertinente. — A senhora irrita até uma ostra!

— Queria era que a nossa Dinah estivesse aqui, isso sim! — disse Alice, como quem pensa em voz alta. — Ela trazia ele de volta num instantinho!

— E quem é essa Dinah, se é que se pode saber? — disse o Louro.

Alice respondeu animada, pois estava sempre disposta a falar de seu bichinho:

— A Dinah é a nossa gata. E ninguém é melhor do que ela nesse mundo pra caçar camundongo! E, ah, queria que vocês vissem ela correndo atrás de passarinho! Nossa, é o tempo de ela ver o bicho e já papou!

Essa conversa causou considerável sensação entre os membros do grupo. Algumas das aves saíram em disparada: uma velha Gralha começou a se enrolar com todo o cuidado num xale, comentando: "Acho que é melhor eu ir pra casa; a minha garganta não aguenta o sereno!", e um Canário disse com voz trêmula aos filhos: "Vamos, queridos! Já passou da hora de nanar!". Com os mais variados pretextos, eles todos sumiram, e Alice logo se viu só.

— Queria era não ter falado da Dinah! — ela disse consigo mesma num tom melancólico. — Parece que ninguém gosta dela aqui embaixo, e eu tenho certeza de que ela é o melhor gato que existe! Ah, minha querida Dinah! Será que ainda vou te ver de novo? — E aqui a pobre Alice começou a chorar outra vez, pois estava se sentindo muito sozinha e desanimada. Mas em alguns instantes já tinha voltado a escutar um barulhinho de passos a distância, e ergueu os olhos empolgada, quase torcendo para ser o Camundongo, que tinha mudado de ideia e estava voltando para terminar a história.

Capítulo IV

O Coelho vira um Lagarto

Era o Coelho Branco, voltando num passo contido e olhando preocupado ao redor, como se tivesse perdido alguma coisa; e ela ouviu que ele estava sussurrando:

— A Duquesa! A Duquesa! Ah, patinhas minhas! Pelos meus pelos e bigodes! Ela vai mandar me executar, como bois e bois são gato! Mas *onde é* que eu posso ter derrubado?

Alice rapidinho imaginou que ele estava procurando o leque e as luvas brancas de pelica, e muito colaborativa começou a procurar também, mas nada de encontrar — tudo parecia ter mudado desde que ela nadou no lago, e o grande salão, com a mesa de vidro e a portinha, sumira completamente.

Logo o Coelho percebeu a presença de Alice, enquanto ela procurava, e lhe disse num tom irritado:

— Ora, fulana, o que *é* que você está fazendo aqui? Corra já para casa, e me traga um leque e um par de luvas! Rápido, pra já! — E Alice tomou um susto tão grande que saiu imediatamente em disparada na direção que ele indicou, sem nem tentar explicar o engano que ele tinha cometido.

— Ele achou que eu era a criada — ela disse enquanto corria. — Imagina a surpresa dele quando descobrir quem eu sou! Mas é bom eu ir pegar o leque e as luvas pra ele... isso se eu conseguir achar.

No que disse isso, ela deu com uma bela casinha, que tinha na porta uma brilhante placa de bronze com o nome C. BRANCO gravado. Entrou sem bater e subiu

correndo as escadas, morrendo de medo de topar com a verdadeira fulana e de ser expulsa da casa antes de encontrar o leque e as luvas.

— Que coisa mais esquisita — Alice disse a si mesma —, virar menina de recados de um coelho! Daqui a pouco é a Dinah que vai me pedir coisas! — E começou a imaginar o tipo de coisa que podia acontecer: "Senhorita Alice! Venha já pra cá e se arrume pro nosso passeio!", "Já estou chegando, senhora! Mas primeiro eu tenho que pegar o Camundongo." — Só que eu não acho — Alice continuou — que eles iam deixar a Dinah ficar morando lá em casa se ela saísse dando ordens desse jeito!

Agora já estava num cômodo muito organizadinho com uma mesa junto à janela e, em cima dessa mesa (como ela imaginou), um leque e dois ou três pares de luvas brancas de pelica; ela pegou o leque e um par de luvas, e estava justo saindo dali quando de canto de olho viu um frasco perto do espelho. Dessa vez não havia etiqueta com as palavras BEBA-ME, mas mesmo assim ela tirou a rolha e o levou à boca.

— Eu sei que *alguma coisa* interessante há de acontecer — ela disse — toda vez que eu comer ou tomar alguma coisa; então deixa só eu ver o que é que esse frasco faz. Tomara que me deixe grande de novo, porque a verdade é que eu já cansei de ser essa coisinha assim minúscula!

E foi exatamente o que aconteceu, e bem mais rápido do que ela esperava: antes de ter tomado metade do que estava no frasco, sua cabeça já batia no teto, e ela teve que se abaixar para não quebrar o pescoço. Largou apressada o frasquinho, dizendo-se:

— Já está mais do que bom... Tomara que eu não cresça mais... Desse jeito eu nem passo pela porta... Como eu queria não ter tomado tanto!

Infelizmente era tarde demais para isso! Ela foi crescendo cada vez mais, e logo já estava precisando ficar de joelhos no chão; um minuto depois já não havia espaço nem para isso, e ela tentou ver o que acontecia se deitasse no chão com um cotovelo apoiado na porta e o outro braço enroscado em volta da cabeça. Não parava de crescer e, numa última tentativa, passou um braço pela janela, meteu um pé na chaminé e disse:

— Agora eu não posso fazer mais nada, aconteça o que acontecer. O que vai ser de mim?

Para sorte de Alice, o frasquinho mágico já tinha provocado todo o seu efeito, e ela não aumentou mais

de tamanho. Ainda assim, o desconforto era grande, e como não parecia haver possibilidade de ela um dia sair de novo daquele cômodo, é claro que estava infeliz.

"Que faltação de estar em casa", pensou a pobre Alice, "sem ficar crescendo e diminuindo, e recebendo ordem de camundongos e coelhos. Eu estou quase arrependida de ter descido por aquela toca de coelho... por outro lado... por outro lado... é bem curiosa, sabe, essa vida de agora! Eu continuo aqui pensando o que é que *pode* ter acontecido comigo! Quando eu lia contos de fadas, pensava que aquelas coisas nunca aconteciam, e agora eu estou no meio de uma história daquelas! Deviam era escrever um livro sobre mim, isso sim! E quando eu crescer, eu mesma vou escrever... mas eu já estou grande agora", acrescentou, num tom tristonho; "pelo menos não tem mais espaço pra crescer *aqui*."

"Mas então", pensou Alice, "será que eu *nunca* vou ficar mais velha do que agora? Isso ia ter lá suas vantagens... nunca ficar velhinha... mas então... ia ter que estudar pra sempre! Ah, mas *disso* é que eu não ia gostar!

"Ah, Alice, sua boba!", ela se respondeu. "Como é que você ia poder estudar aqui? Ora, mal cabe *você* aqui dentro, imagina se ia caber alguma cartilha!"

E ela continuou assim, defendendo primeiro uma posição e depois a outra, e entrando numa bela conversa; mas depois de alguns minutos ouviu uma voz do lado de fora e parou para prestar atenção.

— Fulana! Fulana! — disse a voz. — Traga já as minhas luvas! — Então veio um barulhinho de passos na escada. Alice sabia que era o Coelho que tinha vindo atrás dela, e tremeu até sacudir a casa, esquecendo completamente que agora era mil vezes maior que o Coelho e não tinha por que ter medo dele.

Imediatamente o Coelho chegou à porta, que tentou abrir; mas como a porta abria para dentro e o cotovelo de Alice estava apertado contra ela, isso não deu em nada. Alice ouviu quando ele disse a si mesmo:

— Então eu dou a volta e entro pela janela.

"*Isso* é que não!", pensou Alice, e depois de esperar até imaginar estar ouvindo o Coelho bem embaixo da janela, de repente abriu a mão e tentou pegar alguma coisa. Não segurou nada, mas ouviu um gritinho e um tombo, e barulho de vidro espatifado, o que fez ela pensar que era bem possível que o Coelho tivesse caído por cima de uma estufa de pepinos ou alguma coisa assim.

Depois veio uma voz enfurecida — do Coelho:

— Pat! Pat! Cadê você? — E aí uma voz que ela nunca tinha ouvido:

— Mas eu estou aqui! Plantando batata, vossa senhoria!

— Ora essa, vá plantar batata! — disse o Coelho, enfurecido. — Já pra cá! Venha me tirar *daqui*! — (Ruídos de mais vidro se quebrando.) — Agora me diga, Pat, o que é aquilo ali na janela?

— Mas é um braço, vossa senhoria! — (Ele pronunciava "sinhuria".)

— Um braço, seu pateta! Onde já se viu braço desse tamanho? Aquilo ali está tapando a janela inteira!

— Está mesmo, vossa senhoria; mas não deixa de ser um braço.

— Bom, mas não tem nada que estar ali; anda, vai lá tirar aquela coisa!

Houve um longo silêncio depois disso, e Alice só conseguiu ouvir sussurros ocasionais; coisas como: "Mas eu não estou gostando é nada disso, vossa senhoria, nadinha mesmo!", "Faça o que eu mandei, seu covarde!", e ela acabou abrindo de novo a mão, tentando outra vez pegar alguma coisa. Dessa vez vieram *dois* gritinhos, e mais barulhos de vidro estilhaçado. "Quanta estufa de pepino que eles devem ter!", pensou Alice. "O que será que vão fazer agora? Eu até queria que eles *conseguissem* me tirar pela janela! *Eu* é que não quero ficar mais tempo aqui!"

Ela esperou um pouco sem ouvir mais nada: por fim veio um estrondo de rodas de carrinho de mão e o som de várias vozes falando ao mesmo tempo; ela entendeu as palavras:

— Cadê a outra escada?

— Mas era pra eu trazer só essa; a outra está com o Bill.

— Bill! Traz pra cá, rapaz!

— Aqui, ponham as duas neste canto...

— Não, primeiro amarrem uma na outra...

— Elas não estão dando nem na metade da altura...

— Ah! Vai dar, sim; não exagere...

— Aqui, Bill! Segura essa corda...

— Será que o telhado aguenta?

— Cuidado com aquela telha solta...

— Ah, está soltando! Olha a cabeça!

(Barulho de algo estilhaçado)

— Mas quem foi que me fez uma coisa dessas?

— Foi o Bill, acho.

— Quem é que vai descer pela chaminé?

— Mas *eu* é que não vou! Vá *você*!

— Mas não *mesmo*!

— É o Bill que vai descer.

— Já pra cá, Bill! O chefe disse que é pra você descer pela chaminé!

— Ah! Então é pro Bill descer pela chaminé? — Alice disse. — Puxa, parece que eles deixam tudo com o Bill!

Eu é que não queria ser o Bill: essa lareira é bem estreita; mas *acho* que dá pra chutar um pouquinho!

Ela pôs o pé bem fundo na chaminé e ficou esperando, até ouvir um bichinho (não conseguia entender que tipo de bicho) se agarrando pelas paredes e escorregando pela chaminé, logo acima dela; então, dizendo "É o Bill", ela deu um chute bem forte e ficou esperando para ver o que ia acontecer.

A primeira coisa que ouviu foi um coro de "Lá vai o Bill!", e depois a voz do Coelho sozinha "Vai lá pegar o Bill, você aí perto da moita!", e depois silêncio, e outra confusão de vozes:

— Vira ele pra cima...

—... conhaque agora...

—... não deixa ele se afogar...

—... como é que foi isso, meu camarada? O que foi que te aconteceu? Conta pra gente!

Por fim veio uma vozinha fraca, aguda ("É o Bill", pensou Alice):

— Bom, eu nem sei direito... chega, obrigado; eu já estou melhor... mas eu estou sacudido demais pra explicar... só sei que alguma coisa deu em mim que nem mola e eu saí dali que nem rojão!

— Saiu mesmo, meu camarada! — disseram os outros.

— A gente tem que pôr fogo na casa! — disse a voz do Coelho; e Alice gritou o mais alto que pôde:

— Se vocês fizerem isso, eu solto a Dinah em cima de vocês!

Na mesma hora fez-se um silêncio mortal, e Alice pensou: "O que será que eles vão fazer *agora*? Se tivessem juízo, iam tirar o telhado". Depois de um ou dois minutos eles começaram a se movimentar de novo, e Alice ouviu o Coelho dizer:

— Um carrinho de mão bem cheio deve dar, pra começar.

"Bem cheio de quê?", pensou Alice; mas não precisou ficar muito tempo se perguntando, pois logo em seguida uma rajada de pedrinhas veio bater na janela, e algumas deram no seu rosto.

— Eu vou acabar com essa história — ela disse, e então gritou: — É melhor vocês não fazerem isso de novo! —, o que gerou novo silêncio mortal.

Alice percebeu, um tanto surpresa, que as pedrinhas estavam todas se transformando em biscoitos no chão do quarto, e uma ideia brilhante lhe ocorreu. "Se eu comer um desses biscoitos", pensou, "é certeza que *alguma coisa* vai acontecer com o meu tamanho; e como não dá mais pra eu crescer, eu hei de ficar menor, imagino."

Então comeu um dos biscoitos e, para sua imensa felicidade, viu que imediatamente começou a encolher. Assim que conseguiu passar pela porta, ela saiu correndo da casa e encontrou um grande grupo de aves e outros animaizinhos esperando lá fora. O coitado do Lagarto, o Bill, estava no meio deles, sendo sustentado por dois porquinhos-da-índia, que lhe davam alguma coisa numa garrafa. Todos correram para cima de Alice assim que ela apareceu; mas ela disparou a toda a velocidade, e logo se viu em segurança num bosque cerrado.

— A primeira coisa que eu preciso fazer — Alice disse, enquanto andava sem rumo pelo bosque — é ficar do tamanho certo de novo; e a segunda coisa é dar um jeito de entrar naquele jardim tão lindo. Acho que esse vai ser o melhor plano.

Parecia sem dúvida um plano excelente, organizado de maneira clara e simples; a única dificuldade era que ela não tinha a menor ideia de como fazer essas coisas; e enquanto olhava ansiosa por entre as árvores, um latidinho agudo logo acima de sua cabeça fez com que erguesse os olhos apressadíssima.

Um cachorrinho imenso estava olhando para ela com grandes olhos redondos e estendendo delicadamente uma pata, tentando tocá-la.

— Coitadinho! — disse Alice, num tom carinhoso, e fez toda a força para assoviar para ele; mas estava o tempo todo morrendo de medo de pensar que ele podia estar com fome e que, se estivesse mesmo, suas chances de virar comida eram grandes, por mais carinhosa que ela fosse.

Mal sabendo o que fazia, ela pegou um graveto e estendeu para o cachorrinho; isso fez ele saltar no ar, tirando todas as patinhas do chão e soltando um ganido de alegria, e depois correr atrás do graveto, fingindo que o atacava; Alice se escondeu atrás de um cardo bem grande para não ser pisoteada e, assim que ela apareceu do outro lado, o cachorrinho correu de novo para cima do graveto e caiu embolado nas próprias patas de tanta pressa de pegar; então Alice, pensando que aquilo era quase como brincar de pega-pega com um pangaré e esperando ser pisoteada a qualquer momento, correu outra vez em volta do cardo; então o cachorrinho começou uma série de ataques breves ao graveto, avançando muito pouco em cada corrida e voltando bem para trás, e latindo rouco o tempo todo, até que acabou sentando bem longe dela, cansado, com a língua pendurada para fora da boca e os olhos imensos meio fechados.

Alice achou que era uma bela oportunidade de fugir; então disparou dali e correu até ficar bem cansada, e sem fôlego, e até o latido do cachorrinho soar bem distante.

— Mas que era um cachorrinho querido, lá isso era! — disse Alice, ao se apoiar num botão-de-ouro para descansar, e se abanou com uma das folhas. — Como eu ia gostar de ensinar uns truques pra ele se... se pelo menos eu tivesse o tamanho certo! Ah, céus! Eu quase esqueci que preciso crescer de novo! Deixa ver... *como* é que isso vai ser? Acho que eu preciso comer ou tomar alguma coisa; mas a grande questão é: o quê?

A grande questão era mesmo: o quê? Alice olhou por todo lado, entre as flores e na grama, mas não viu nada que parecesse a coisa certa de comer ou tomar naquelas circunstâncias. Havia um grande cogumelo perto dela, mais ou menos da sua altura; e quando ela olhou embaixo dele, e dos dois lados, e atrás, pensou que bem que podia dar uma olhada no que estava em cima.

Ela se espichou toda na pontinha dos pés e espiou por sobre a borda do cogumelo, e seus olhos deram de cara com os de uma grande lagarta azul, sentada ali em cima de braços cruzados, tranquilamente fumando um narguilé bem comprido, e sem nem mesmo dar por ela, nem por qualquer outra coisa.

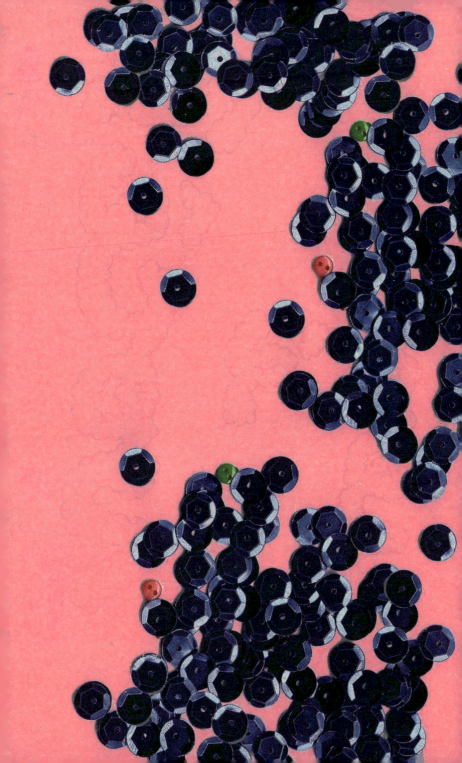

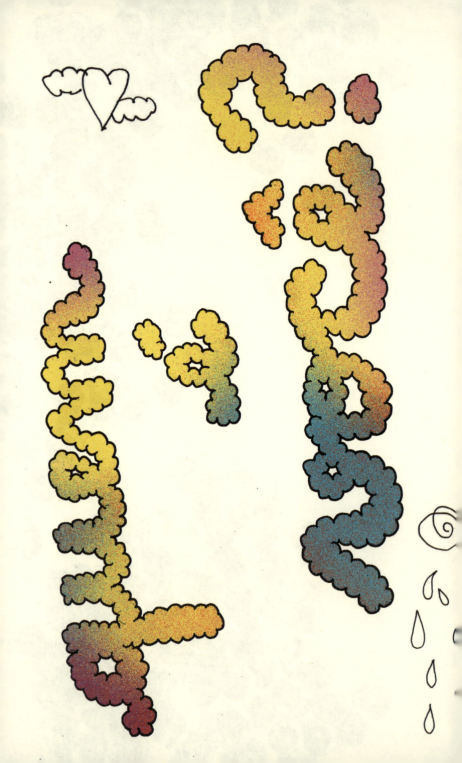

Capítulo V

Conselhos de uma Lagarta

A Lagarta e Alice se olharam um tempo em silêncio; a Lagarta acabou tirando o narguilé da boca e se dirigiu a ela com uma voz lânguida, sonolenta.

— Quem é *você*? — disse a Lagarta.

Não era um começo de conversa muito promissor. Alice respondeu, um tanto tímida:

— Eu... eu mal sei, meu senhor, neste momento... pelo menos eu sei quem eu *era* quando acordei hoje cedo, mas acho que de lá pra cá eu já mudei várias vezes.

— Como assim? — disse a Lagarta com seriedade. — Pode ir se explicando!

— Infelizmente, eu não tenho como *me* explicar, meu senhor — disse Alice —, porque eu não sou eu, sabe.

— Não sei — disse a Lagarta.

— Infelizmente eu não consigo ser mais clara que isso — Alice replicou muito educadinha —, porque pra começo de conversa nem eu mesma entendo; e ser de tantos tamanhos diferentes num dia só é uma coisa muito confusa.

— Não é — disse a Lagarta.

— Bom, talvez você ainda não tenha visto como é — disse Alice —; mas quando você virar crisálida (um dia você vai virar, sabe), e aí depois disso virar borboleta, eu diria que você vai achar meio esquisito, não vai?

— Nem um pouquinho — disse a Lagarta.

— Bom, talvez você pense diferente — disse Alice. — Eu só sei que pra *mim* ia ser uma coisa esquisita.

— Você! — disse a Lagarta com desprezo. — Quem é *você*?

E assim elas voltaram ao começo da conversa. Alice, um tanto irritada porque a Lagarta ficava fazendo esses comentários *tão* curtinhos, se esticou bem e disse, muito séria:

— Acho que é *você* quem deve me dizer quem *você* é, primeiro.

— Por quê? — disse a Lagarta.

Outra questão intrigante; e como Alice não conseguia pensar numa boa razão, e como a Lagarta parecia estar num humor *bem* desagradável, ela lhe deu as costas.

— Volte! — a Lagarta gritou. — Eu tenho uma coisa importante pra dizer!

Isso parecia interessante de verdade; Alice se virou e voltou.

— Não perca a paciência — disse a Lagarta.

— Só isso? — disse Alice, fazendo o possível para engolir sua raiva.

— Não — disse a Lagarta.

Alice pensou que bem podia esperar, já que não tinha mais o que fazer e talvez aquilo acabasse dando em algo que valesse a pena. Por alguns minutos a Lagarta soltou baforadas sem falar, mas acabou descruzando os braços, tirando o narguilé novamente da boca e dizendo:

— Então você acha que mudou, é?

— Eu receio que sim, meu senhor — disse Alice. — Eu não lembro as coisas como antes... e não fico nem dez minutos do mesmo tamanho!

— Não lembra *quais* coisas? — disse a Lagarta.

— Bom, eu tentei recitar "Como pode o peixe vivo", mas saiu tudo diferente! — Alice replicou com uma voz muito melancólica.

— Recite "O senhor está velho, meu pai" — disse a Lagarta.

Alice cruzou as mãos e começou:

"O senhor está velho, meu pai, não esqueça,
Seu cabelo ficou todo branco;
E o senhor passa o dia de ponta-cabeça
Nessa idade isso é bom? Seja franco."

"Quando jovem", ao filho ele então retorquiu,
"Eu temia perder meu miolo,
Mas hoje eu já sei que o meu crânio é vazio,
E aproveito brincar, não sou tolo."

"O senhor está velho", repete o rapaz,
"E ficou gordo como um leitão;
Mas virou lá na porta um mortal para trás
Por favor, me confesse a razão!"

"Quando jovem", o sábio grisalho comenta,
"O meu corpo foi sempre tratado
Usando este unguento — um merréis e cinquenta —
Se quiser, eu te vendo um bocado!"

"O senhor está velho, e seus dentes apenas
Dão conta de morder o sebo;
Mas comeu todo o ganso, ossos, bico e as penas
Como pode, eu nem mesmo concebo!"

"Quando jovem treinei, para ser advogado,
Discutindo com a esposa querida;
E essa força que a boca há de ter conquistado
Perdurou pelo resto da vida."

"O senhor está velho", o rapaz repetia,
"E seu olho já mal fica aberto;
Mesmo assim no nariz equilibra uma enguia
Como foi que ficou tão esperto?"

"Respondi três perguntas, já é o bastante,
Não me faça essa cara profunda",
Disse o pai; "isso tudo está muito irritante!
Vai embora ou te chuto na bunda!"

— Isso não está certo — disse a Lagarta.
— Não está *bem* certo, infelizmente — disse Alice, tímida. — Uma ou outra palavra acabou sendo alterada.
— Está errado do começo ao fim — disse a Lagarta, decidida, e houve silêncio por alguns minutos.

A Lagarta foi a primeira a falar.

— De que tamanho você quer ser? — perguntou.

— Ah, eu nem sou exigente — Alice respondeu apressada. — Só não é bom ficar mudando o tempo todo, sabe?

— Eu *não* sei — disse a Lagarta.

Alice não abriu a boca; nunca tinha sido contradita tantas vezes na vida, e sentiu que estava perdendo a paciência.

— Está contente agora? — disse a Lagarta.

— Bom, eu queria ser um *pouquinho* maior, meu senhor, se não for incômodo — disse Alice. — Oito centímetros é uma altura bem ruim.

— Mas é uma altura excelente! — disse a Lagarta, enfurecida, empinando o corpo todo enquanto falava (tinha exatamente oito centímetros de altura).

— Mas eu não estou acostumada! — insistiu a pobre Alice num tom lamentoso. E pensou: "Queria era que os bichos não se ofendessem assim tão fácil!".

— Você vai acabar se acostumando — disse a Lagarta, que pôs o narguilé na boca e começou a fumar de novo.

Dessa vez Alice teve toda a paciência de esperar até ela decidir falar de novo. Em um ou dois minutos a Lagarta tirou o narguilé da boca e soltou um ou dois bocejos, e se sacudiu. Então desceu do cogumelo e saiu rastejando pela grama, meramente comentando no caminho:

— Um lado te faz crescer, e o outro te faz diminuir de altura.

"Um lado do *quê*? O outro lado do *quê*?", pensou Alice.

— Do cogumelo — disse a Lagarta, como se ela tivesse perguntado em voz alta; e no momento seguinte tinha desaparecido.

Alice ficou mais um minuto olhando pensativa para o cogumelo, tentando entender quais eram os dois lados; e como ele era bem redondinho, ela achou a questão muito complicada. No entanto, acabou esticando bem os braços em volta dele e tirou dois pedacinhos da borda, um com cada mão.

— E agora, qual é qual? — ela se perguntou, e deu uma mordida no pedaço que tinha na mão direita para ver se fazia efeito; num instante sentiu uma pancada violenta embaixo do queixo: estava de cara no pé!

Ficou bem assustada com essa mudança tão brusca, mas sentiu que não podia perder mais tempo, já que estava encolhendo muito rápido; então foi imediatamente comer um pouco do outro pedaço. Estava com o queixo tão apertado contra o pé que mal tinha espaço para abrir a boca; mas acabou dando um jeito e conseguiu engolir um bocadinho do pedaço que tinha na mão esquerda.

* * *

— Ora, minha cabeça finalmente está livre! — disse Alice com alegria, que se transformou em espanto no momento seguinte, quando ela descobriu que não enxergava mais os ombros; a única coisa que via, ao olhar para baixo, era um pescoço imenso, que parecia brotar como um caule de um mar de folhas verdes lá embaixo.

— O que *será* esse verde todo? — disse Alice. — E onde é que os meus ombros foram parar? E, ah, minhas mãozinhas, como é que eu posso não estar vendo vocês? — Estava agitando as mãos enquanto falava, mas isso não parecia gerar resultados, fora um leve tremular das distantes folhas verdes.

Como não parecia haver possibilidade de levar as mãos até a cabeça, ela tentou baixar a cabeça até elas, e ficou felicíssima ao descobrir que seu pescoço se dobrava com facilidade em todas as direções, como uma serpente. Acabava de dar conta de formar com ele um lindo zigue-zague e estava prestes a mergulhar entre as folhas, que descobriu serem apenas as copas das árvores sob as quais tinha caminhado, quando um som alto e sibilante fez com que recuasse apressada: uma grande pomba tinha trombado com seu rosto, e lhe dava uma surra violenta com as asas.

— Serpente! — gritava a Pomba.

— Eu *não sou* uma serpente! — disse Alice, indignada. — Me deixe em paz!

— Serpente, eu repito! — insistiu a Pomba, mas num tom mais contido. E acrescentou com uma espécie de soluço: — Eu tentei de tudo, mas nada é bom pra elas!

— Eu não tenho a menor ideia do que você está falando — disse Alice.

— Eu tentei as raízes, tentei a margem do rio e tentei as moitas — a Pomba prosseguiu, sem lhe dar bola —; mas essas serpentes! Nada é bom pra elas!

Alice estava cada vez mais confusa, mas achou que não adiantava abrir a boca antes de a Pomba terminar.

— Como se chocar os ovos já não me desse trabalho — disse a Pomba —; ainda preciso ficar de olho nas serpentes, noite e dia! Nossa, faz três semanas que eu não prego o olho!

— Eu lamento muitíssimo o seu incômodo — disse Alice, que estava começando a entender o que ela queria dizer.

— E bem quando eu peguei a árvore mais alta do bosque — continuou a Pomba numa voz que já era um grito agudo —, e bem quando estava achando que finalmente estava livre delas, elas tinham que me vir descendo do céu desse jeito! Argh, Serpente!

— Mas eu estou te dizendo que eu *não sou* uma serpente! — disse Alice. — Eu sou uma... eu sou uma...

— Então! Você é *o quê*? — disse a Pomba. — Dá pra ver que você está tentando inventar alguma coisa!

— Eu... eu sou uma menininha — disse Alice, sem muita convicção, por lembrar a quantidade de mudanças que tinha sofrido naquele dia.

— Mas bem parece mesmo! — disse a Pomba num tom do mais profundo desdém. — Eu já vi muita menininha nessa vida, mas *nunca* nenhuma com um pescoço desses! Não, não! Você é uma serpente; nem adianta negar. Imagino que daqui a pouco você vai querer me dizer que nunca comeu um ovo na vida!

— Mas *claro* que eu comi ovos — disse Alice, que era uma criança muito honesta —, mas é que as menininhas comem tanto ovo quanto as serpentes, sabe?

— Não acredito — disse a Pomba —, mas, se isso for verdade, eu só posso dizer que elas também são um tipo de serpente.

Essa era uma ideia tão nova para Alice que ela ficou bem quieta por um ou dois minutos, o que deu à Pomba uma oportunidade para acrescentar:

— Você está procurando ovos, *isso* eu sei mais do que bem; e que diferença faz, pra mim, se você é menina ou serpente?

— Faz uma bela diferença pra *mim* — disse Alice num piscar de olhos. — Mas eu não estou procurando ovos, na verdade; e se estivesse, não ia querer os *seus*: não gosto de ovo cru.

— Então vai embora! — disse a Pomba, contrariada, enquanto pousava novamente no ninho. Alice se agachou entre as árvores como pôde, pois seu cabelo ficava se enredando nos galhos e vez por outra ela precisava parar e se desenroscar. Depois de um tempo lembrou que ainda estava segurando os pedaços de cogumelo, e com muito cuidado pôs mãos à obra, mordiscando primeiro um e depois o outro, e ficando às vezes maior e às vezes menor, até conseguir voltar a seu tamanho de sempre.

Fazia tanto tempo que ela estava tão diferente daquilo, que de início seu tamanho correto lhe pareceu estranho; mas em poucos minutos estava acostumada, e começou a falar sozinha, como sempre fazia.

— Ora, assim eu já cumpri metade do meu plano! Como essas mudanças são confusas! Eu nunca sei bem o que eu vou ser de uma hora pra outra! No entanto, eu voltei ao meu tamanho; o próximo passo é entrar naquele jardim tão lindo... como *será* que eu vou conseguir, *isso* é que eu queria saber. — Ao dizer isso, ela de repente se viu num lugar aberto, com uma casinha de pouco mais de um metro de altura. "Seja quem for o morador", pensou Alice, "não vai adiantar nada eu chegar ali *deste* tamanho; ora, ele ia cair da cadeira de susto!" Então ela começou de novo a mordiscar o pedaço que tinha na mão direita, e nem tentou chegar perto da casa até voltar a ter seus vinte centímetros.

Capítulo VI

Porcaria com pimenta

Ela ficou um minuto ou dois olhando para a casa e pensando no que fazer, quando de repente um lacaio de libré saiu correndo do bosque (ela pensou se tratar de um lacaio porque ele estava de libré; não fosse isso, a julgar apenas pelo rosto, teria dito que era um peixe) e bateu forte na porta com os nós dos dedos. Quem abriu foi outro lacaio de libré, de rosto redondo e olhos grandes como os de um sapo; e os dois lacaios, Alice percebeu, tinham cabelos empoados que lhes cobriam a cabeça de cachos. Ficou muito curiosa para saber o que era aquilo tudo, e saiu um pouco da proteção do bosque para poder ouvir.

O Lacaio-Peixe começou tirando de baixo do braço uma grande carta, quase do seu tamanho, que entregou ao outro, dizendo, num tom solene:

— Para a Duquesa. A Rainha convida para uma partida de *croquet*.

O Lacaio-Sapo repetiu no mesmo tom solene, só alterando um pouco a ordem das palavras:

— Da Rainha. A Duquesa é convidada para uma partida de *croquet*.

Então os dois fizeram profundas reverências, e os cachos de um se embaraçaram nos do outro.

Alice riu tanto disso que precisou voltar correndo para o bosque, de medo de ser ouvida; e quando espiou de novo, o Lacaio-Peixe já tinha desaparecido, e o outro estava sentado no chão, perto da porta, olhando para o céu com uma cara abobada.

Alice foi timidamente até a porta, e bateu.

— Não adianta bater — disse o Lacaio —, e por dois motivos. Primeiro, porque eu estou do mesmo lado da porta que você; segundo, porque eles estão fazendo uma barulheira tão grande lá dentro que ninguém vai te escutar.

E havia *mesmo* uma barulheira extraordinária dentro da casa — uma série constante de gritos e espirros, e de vez em quando o som de um prato ou de um bule se estilhaçando.

— Por favor, então — disse Alice —, como é que eu hei de entrar?

— Bater poderia fazer algum sentido — o Lacaio continuou, sem prestar atenção —, se a porta estivesse entre nós. Por exemplo, se você estivesse *dentro*, podia bater, e eu podia te deixar sair, sabe. — Ele não tirava os olhos do céu enquanto falava, e isso Alice achou definitivamente grosseiro. "Mas talvez ele não consiga evitar", ela pensou, "os olhos dele ficam bem pertinho do topo da cabeça. Mas podia pelo menos responder às perguntas."

— Como é que eu hei de entrar? — ela repetiu em voz alta.

— Eu vou ficar sentadinho aqui — o Lacaio comentou — até amanhã...

Nesse momento a porta da casa se abriu e um prato dos grandes passou triscando a cabeça do Lacaio; só raspou seu nariz, e se espatifou numa das árvores atrás dele.

—... ou talvez depois de amanhã — o Lacaio continuou, exatamente no mesmo tom, como se nada tivesse acontecido.

— Como é que eu hei de entrar? — perguntou Alice novamente, em tom ainda mais alto.

— E você *há* de entrar? — disse o Lacaio. — Essa é a primeira pergunta, sabe.

E era, sem dúvida; só que Alice não gostou de ouvir isso.

— É uma coisa horrorosa — resmungou sozinha — como os bichos todos discutem. É de deixar a gente maluca!

O Lacaio pareceu achar que se tratava de uma boa oportunidade para repetir seu comentário, com variações.

— Eu vou ficar sentadinho aqui — ele disse —, entre idas e vindas, por dias e dias a fio.

— Mas o que é que *eu* hei de fazer? — disse Alice.

— O que você quiser — disse o Lacaio, e começou a assoviar.

— Ah, mas não adianta conversar com esse aí — disse Alice, desesperada —, é um perfeito imbecil! — E ela abriu a porta e entrou.

A porta se abria direto numa grande cozinha, tomada de fumaça de ponta a ponta: a Duquesa estava sentada no meio do cômodo, num banquinho de três pernas, com o bebê no colo; a cozinheira estava na frente do fogão, mexendo um grande caldeirão que parecia estar cheio de sopa.

— Com certeza tem pimenta demais naquela sopa! — Alice falou sozinha, ou tentou, entre espirros.

Com certeza havia muita pimenta no ar. Até a Duquesa dava um ou outro espirro; e quanto ao bebê, ele espirrava e berrava alternadamente, sem intervalos. As únicas coisas que não espirravam naquela cozinha eram a cozinheira e um grande gato sentado na lareira, que sorria de orelha a orelha.

— Por favor, a senhora poderia me dizer — disse Alice, um tanto tímida, pois não sabia ao certo se era educado falar primeiro — por que o seu gato sorri desse jeito?

— É um gato de Cheshire — disse a Duquesa —, o motivo é esse. Porcaria!

Ela disse a última palavra com tamanha violência que Alice quase deu um pulo; mas logo percebeu que aquilo se dirigia ao bebê, e não a ela, então tomou coragem e tentou de novo:

— Eu não sabia que os gatos de Cheshire sorriam o tempo todo; a bem da verdade, eu nem sabia que os gatos *sabiam* sorrir.

— Todo gato sabe — disse a Duquesa —, e poucos não sorriem.

— Eu não conheço *um* gato que sorria — Alice disse, muito educada, sentindo-se bem satisfeita por ter engrenado uma conversa.

— Você não conhece muita coisa — disse a Duquesa —, isso é incontestável.

Alice não gostou nadinha do tom desse comentário, e achou que outro tema viria a calhar. Enquanto tentava encontrar algum, a cozinheira tirou o caldeirão de sopa do fogo e começou de imediato a arremessar na Duquesa e no bebê tudo que estava ao seu alcance — primeiro foram as grades do fogão; depois uma rajada de caçarolas, pratos e pires. A Duquesa nem se dava conta do que a atingia; e o bebê já estava berrando tanto que era quase impossível dizer se as pancadas doíam ou não.

— Ah, *por favor*, preste atenção no que está fazendo! — gritou Alice, pulando no mesmo lugar de tão aterrorizada que estava; — ah, lá se vai aquele narizinho *precioso!* — quando uma caçarola estranhamente grande passou bem perto do bebê, e quase arrancou o tal nariz.

— Se todo mundo cuidasse da própria vida — a Duquesa disse, num grunhido rouco —, o mundo ia girar bem mais rápido do que gira hoje.

— O que *não seria* vantagem — disse Alice, que ficou bem feliz de ter uma oportunidade de exibir um pouco seus conhecimentos. — Pense só na balbúrdia que ia ser com os dias e as noites! Sabe, a Terra leva vinte e quatro horas pra girar em torno do eixo, e essa descoberta foi um achado...

— E por falar em machado — disse a Duquesa —, decepe-lhe a cabeça!

Alice lançou um olhar um tanto amedrontado à cozinheira para ver se ela pretendia cumprir a ordem; mas ela estava ocupada mexendo a sopa e parecia nem escutar, então Alice tentou mais uma vez:

— Vinte e quatro horas, eu *acho*; ou será que são doze? Eu...

— Ah, nem me perturbe — disse a Duquesa. — Eu nunca aguentei números! — E se pôs de novo a ninar o bebê, cantando uma espécie de acalanto enquanto isso e dando-lhe um violento sacudão no fim de cada verso:

Seja grosseira com seu menininho
E bata quando ele espirrar;
Ele faz isso para ser mesquinho,
Só quer te incomodar.

REFRÃO
(que a cozinheira e o bebê cantaram também):

Ai! Ai! Ai!

Enquanto a Duquesa cantava a segunda estrofe da canção, ia jogando o bebê para cima com violência, e o coitadinho berrava de uma tal maneira que Alice mal conseguia entender a letra:

Eu falo grosso com meu menininho
E bato sempre que ele espirra;
Pois gosta de pimenta um bocadinho,
Quando não fica só de birra!

REFRÃO

Ai! Ai! Ai!

— Toma! Pode pegar no colo, se quiser! — a Duquesa disse a Alice, arremessando-lhe o bebê com essas palavras. — Eu preciso ir me arrumar pra jogar *croquet* com a Rainha. — E saiu apressada dali. A cozinheira jogou uma frigideira atrás dela, e por pouco não acertou.

Alice pegou o bebê com certa dificuldade, já que ele era uma criatura toda estranha, que espetava braços e pernas para todo lado, "igualzinho a uma estrela-do--mar", pensou Alice. O coitadinho roncava como uma locomotiva a vapor quando ela o pegou, e ficava se contorcendo e se esticando de novo, de maneira que, nos primeiros minutos, ela mal conseguiu segurá-lo no colo.

Assim que entendeu o jeito certo de ninar o bebê (que era retorcer a criaturinha como que num nó, e aí não largar da orelha esquerda e do pé direito, para evitar que ela se desatasse), Alice saiu com ele dali. "Se eu não levar essa criança comigo, é certeza que ela acaba morta daqui a um ou dois dias."

— Não ia ser assassinato deixar esse bebê pra trás? — ela disse, e a coisinha em resposta soltou um grunhido (a essa altura já tinha parado de espirrar). — Não fique grunhindo — disse Alice —, não é um jeito bonito de você se expressar.

O bebê grunhiu de novo, e Alice olhou muito ansiosa para o rosto dele, para ver o que estava errado. Não havia a menor dúvida de que se tratava de um nariz *muito* arrebitado, mais parecido com um focinho do que com um nariz de verdade; e os olhos também estavam ficando pequenos demais para um bebê: de modo geral, Alice não estava gostando nadinha daquilo ali. "Mas talvez seja só o choro", ela pensou, e olhou de novo nos olhinhos dele, para ver se havia lágrimas.

Não, nada de lágrimas.

— Se você vai virar porco, querido — disse Alice, com seriedade —, eu não quero mais saber de você. Veja lá! — O coitadinho soluçou novamente (ou grunhiu, era impossível dizer), e eles continuaram por um tempo em silêncio.

Alice estava apenas começando a pensar com seus botões: "Agora, o que é que eu vou fazer quando chegar com essa criatura em casa?", quando ele grunhiu de novo, com tamanha violência que ela olhou um tanto assustada para o seu rosto. Dessa vez *não havia* dúvida: aquilo era pura e simplesmente um porco, e ela achou que continuar carregando a coisinha seria bem absurdo.

Então largou o bichinho no chão e se sentiu bem aliviada de ver que ele seguiu tranquilamente para o bosque.

— Se aquilo crescesse — ela disse —, ia ser uma criancinha horrorosa de feia; mas pra um porco ele é bem bonitinho, até. — E começou a passar em revista as crianças que conhecia, que podiam ficar muito bem como porcos, e estava justamente dizendo: — Era só alguém saber o jeito certo de transformar cada um... —, quando tomou um leve susto ao ver o Gato de Cheshire sentado num tronco de árvore a poucos metros dali.

Ao ver Alice, o Gato deu só um sorriso estreito. Parecia manso, ela pensou; mas era verdade que tinha umas garras *bem* compridas e um montão de dentes, então ela achou que o bicho devia era ser tratado com respeito.

— Bichano de Cheshire — começou, um tanto tímida, pois não sabia se ele ia gostar do nome; no entanto, ele só abriu um pouco mais seu sorriso. "Ora, até aqui ele está gostando", pensou Alice, e continuou: — Você poderia, por favor, me dizer que caminho eu devo tomar?

— Isso depende muito de aonde você quer chegar — disse o Gato.

— Eu nem estou preocupada com isso... — disse Alice.

— Então não faz diferença o caminho — respondeu o Gato.

—... desde que eu chegue a *algum* lugar — Alice acrescentou como explicação.

— Ah, mas isso é garantido — disse o Gato —, é só você andar o suficiente.

Alice sentiu que não havia como negar aquilo, então tentou outra pergunta:

— Que tipo de gente mora por aqui?

— *Naquela* direção — o Gato disse, movendo a pata direita em círculos — mora um Chapeleiro, e *naquela* direção — movendo a outra pata — mora uma Lebre de Março. Visite quem você preferir: os dois são loucos.

— Mas eu não quero ver gente louca — Alice comentou.

— Ah, mas não tem como evitar — disse o Gato. — Todo mundo é louco por aqui. Eu sou louco. Você é louca.

— Como é que você sabe que eu sou louca? — disse Alice.

— Deve ser — disse o Gato —, senão você não tinha vindo.

Alice não achou que isso fosse prova; no entanto, continuou:

— E como é que você sabe que é louco?

— Pra começo de conversa — disse o Gato —, um cachorro não é louco. Você concorda com isso?

— Acho que sim — disse Alice.

— Pois então — o Gato continuou —, o cachorro rosna quando está bravo e balança o rabo quando está feliz. Já *eu* rosno quando estou feliz e balanço o rabo quando estou bravo. Portanto, eu sou louco.

— *Eu* chamo isso de ronronar, e não de rosnar — disse Alice.

— Pode chamar como quiser — disse o Gato. — Você vai jogar *croquet* com a Rainha hoje?

— Eu gostaria muito — disse Alice —, mas ainda não fui convidada.

— Você vai me ver por lá — disse o Gato, e desapareceu.

Alice não ficou muito surpresa com isso, estava ficando tão acostumada a ver coisas esquisitas acontecendo. Enquanto ela olhava para o lugar de onde ele tinha sumido, o Gato de repente apareceu de novo.

— Aliás, o que aconteceu com o bebê? — disse ele. — Eu ia quase me esquecendo de perguntar.

— Virou porco — Alice respondeu, tranquila, como se fosse normal ele ter reaparecido daquele jeito.

— Eu achei que isso ia acontecer — disse o Gato, e sumiu de novo.

Alice esperou um pouco, sem saber se ele ia ressurgir, mas ele não veio, e depois de um ou dois minutos ela seguiu na direção em que ele disse que morava a Lebre de Março.

— Eu já vi chapeleiros antes — ela disse. — A Lebre de Março vai ter mais interessação, e quem sabe ela não esteja assim tão louca, já que agora é maio... pelo menos não tão louca quanto em março.

Ao dizer isso, ela ergueu os olhos, e lá estava novamente o Gato, sentado no galho de uma árvore.

— Você falou porco ou turco? — disse o Gato.

— Eu falei porco — replicou Alice —, e eu queria era que você não ficasse aparecendo e sumindo assim tão de repente; chega a deixar a gente tonta.

— Tudo bem — disse o Gato; e dessa vez desapareceu bem devagar, começando pela pontinha do rabo e terminando no sorriso, que continuou ali um tempo depois de o resto ter sumido.

"Ora! Eu já vi muito gato sem sorriso", pensou Alice; "mas sorriso sem gato! É a coisa mais curiosa que já vi na vida!"

Ela não precisou ir muito longe para ver a casa da Lebre de Março; achou que devia ser aquela, porque as chaminés tinham forma de orelha e o telhado era coberto de pelo. Era uma casa tão grande que ela preferiu não chegar mais perto antes de mordiscar um pouco mais do cogumelo da mão esquerda e ficar com pouco mais de meio metro de altura; e mesmo assim foi com certa timidez que ela caminhou na direção da casa, dizendo a si mesma:

— E se ela estiver completamente louca? Estou quase arrependida de não ter ido ver o Chapeleiro!

Capítulo VII

Um chá enlouquecido

Havia uma mesa arrumada à sombra de uma árvore diante da casa, onde a Lebre de Março e o Chapeleiro tomavam seu chá; um Hamster estava sentado entre eles, num sono profundo, e os outros dois o usavam como almofada, apoiando nele os cotovelos e conversando por cima de sua cabeça. "Bem desconfortável pro Hamster", pensou Alice; "mas como ele está dormindo, vai ver nem se incomoda."

A mesa era das grandes, mas os três estavam amontoados num cantinho.

— Não tem espaço! Não tem espaço! — gritaram quando viram Alice chegar.

— Mas tem é *muito* espaço! — disse Alice, indignada, e sentou numa grande poltrona numa ponta da mesa.

— Tome um pouco de vinho — disse a Lebre de Março num tom encorajador.

Alice passou os olhos por toda a mesa, mas só havia chá.

— Eu não estou vendo vinho — comentou.

— Não tem mesmo — falou a Lebre de Março.

— Então não foi muito educado oferecer — disse Alice, indignada.

— Não foi muito educado você sentar sem ser convidada — disse a Lebre de Março.

— Eu não sabia que a mesa era *de vocês* — respondeu Alice. — Está posta pra bem mais que três pessoas.

— Você está precisando cortar o cabelo — declarou o Chapeleiro. Havia algum tempo que ele estava olhando para Alice com grande curiosidade, e essas foram suas primeiras palavras.

— Você devia aprender a não fazer comentários pessoais — Alice disse com certa severidade. — É muito grosseiro.

O Chapeleiro arregalou bem os olhos ao ouvir isso; mas a única coisa que disse foi:

— Por que um corvo é igual a uma escrivaninha?

"Ora, agora a gente vai se divertir!", pensou Alice. "Que bom que eles começaram com charadas."

— Acho que essa eu mato — ela falou.

— Você quer dizer que acha que consegue encontrar a resposta certa? — perguntou a Lebre de Março.

— Exatamente — disse Alice.

— Então você devia dizer o que quer dizer — a Lebre de Março acrescentou.

— Mas eu digo — Alice replicou apressada —; pelo menos... pelo menos eu quero dizer o que eu digo... é a mesma coisa, sabe.

— Mas não mesmo! — disse o Chapeleiro. — É a mesma coisa que você dizer que "Eu vejo o que quero comer" é o mesmo que "Eu como o que quero ver"!

— É a mesma coisa que você dizer — acrescentou a Lebre de Março — que "Eu aprecio o que quero ter" é o mesmo que "Eu tenho o que quero apreciar"!

— É a mesma coisa que você dizer — acrescentou o Hamster, que parecia falar dormindo — que "Eu respiro quando quero dormir" é o mesmo que "Eu durmo quando quero respirar"!

— *Isso* é a mesmíssima coisa com você — disse o Chapeleiro, e aqui a conversa morreu, e o grupo ficou um minuto em silêncio enquanto Alice passava em revista tudo que lembrava a respeito de corvos e escrivaninhas, o que não era lá grande coisa.

O Chapeleiro foi o primeiro a romper o silêncio.

— Em que dia do mês nós estamos? — ele perguntou para Alice. Tinha tirado o relógio do bolso, e olhava incomodado para ele, dando-lhe uma ou outra sacudidona antes de levá-lo à orelha.

Alice refletiu um pouco, e então disse:

— Quatro.

— Errado por dois dias! — suspirou o Chapeleiro. — Eu te disse que manteiga nas engrenagens não era uma boa ideia! — acrescentou, com um olhar enfurecido para a Lebre de Março.

— Mas era manteiga da *melhor* qualidade — a Lebre de Março respondeu, dócil.

— Sim, mas deve ter caído uma ou outra migalha junto — o Chapeleiro resmungou. — Você não devia ter colocado com a faca de pão.

A Lebre de Março pegou o relógio e olhou para ele com uma expressão melancólica; então o mergulhou na sua xícara de chá e olhou de novo, mas não conseguiu pensar em coisa melhor que aquele seu primeiro comentário:

— Era manteiga da *melhor* qualidade, sabe.

Alice estava olhando por cima do ombro dele, com alguma curiosidade.

— Que relógio engraçado! — comentou. — Marca o dia do mês e não diz que horas são!

— E pra quê? — resmungou o Chapeleiro. — O *seu* relógio por acaso lhe diz em que ano você está?

— Claro que não — Alice replicou sem pestanejar —, mas isso é porque o ano demora muito pra mudar.

— É exatamente o caso do *meu* — disse o Chapeleiro.

Alice ficou terrivelmente confusa. O comentário do Chapeleiro não parecia fazer sentido, e contudo era definitivamente uma frase completa.

— Eu não estou entendendo direito — ela falou, com a maior educação possível.

— O Hamster está dormindo de novo — disse o Chapeleiro, virando um pouquinho de chá quente no nariz do bicho.

O Hamster sacudiu a cabeça, impaciente, e disse, sem abrir os olhos:

— Mas claro, mas claro; exatamente o que eu ia dizer.

— Já matou a charada? — o Chapeleiro perguntou, olhando para Alice de novo.

— Não, eu desisto — Alice replicou —, qual é a resposta?

— Não tenho a mais remota ideia — disse o Chapeleiro.

— Nem eu — disse a Lebre de Março.

Alice suspirou, cansada.

— Acho que vocês podiam usar melhor o tempo — ela disse —, em vez de ficar matando tempo com charadas que não têm resposta.

— Se você conhecesse o Tempo como eu conheço — disse o Chapeleiro —, não ia falar que alguém andou *matando* tempo. Ele está bem *vivinho*.

— Não sei o que você quer dizer com isso — disse Alice.

— Mas claro que não! — o Chapeleiro disse, empinando o nariz. — Imagino que você nunca tenha nem conversado com o Tempo!

— Pode ser que não — Alice respondeu, cautelosa —, mas eu sei bater o pé pra marcar o tempo na aula de música.
— Ah! mas isso explica tudo — disse o Chapeleiro. — Ele odeia ser pisoteado. Agora, se você se mantivesse em boas relações com ele, o Tempo faria quase qualquer coisa que você quisesse com o relógio. Por exemplo, digamos que fossem nove horas da manhã, bem na hora da aula: você só ia precisar soprar uma palavrinha pro Tempo, e num piscar de olhos o relógio disparava! Uma e meia, hora do almoço!

(— Quem me dera fosse mesmo — a Lebre de Março falou sozinha, num sussurro.)

— Isso com certeza seria excelente — disse Alice, pensativa —, mas aí... eu não ia estar com fome, sabe.
— Talvez não de cara — disse o Chapeleiro —, mas você podia ficar parada à uma e meia o quanto quisesse.
— É assim que *vocês* fazem? — Alice perguntou.

O Chapeleiro sacudiu a cabeça pesaroso.

— Eu, não! — ele replicou. — Nós brigamos em março... logo antes de *ele* ficar louco, sabe... — (apontando com a colher de chá para a Lebre de Março) —... foi no grande concerto oferecido pela Rainha de Copas, e eu tinha que cantar:

Brilha, brilha, morceguinho!
Quero ver você quentinho!

... talvez você conheça a música.
— Eu já ouvi alguma coisa assim — disse Alice.
— Tem mais, sabe? É assim — o Chapeleiro continuou:

Lá no alto, lá no céu,
Você foi pro beleléu.
Brilha, brilha...

Aqui o Hamster se sacudiu e começou a cantar dormindo: "Brilha, brilha, brilha, brilha..." e ficou cantando tanto tempo que precisou levar um beliscão.

— Ora, eu mal tinha acabado a primeira estrofe — disse o Chapeleiro — quando a Rainha levantou de um salto e urrou "Ele está atropelando o tempo! Cortem-lhe a cabeça!".

— Que selvageria! — exclamou Alice.

— E desde então — o Chapeleiro prosseguiu, pesaroso —, ele não faz nada que eu peço! São sempre seis da tarde agora.

Uma ideia brilhante apareceu na cabeça de Alice.

— É por isso que tem tanta coisa pro chá aqui? — perguntou.

— Sim, isso mesmo — disse o Chapeleiro, com um suspiro —, é sempre hora do chá, e a gente não tem tempo de lavar a louça entre os chás.

— Aí vocês ficam trocando de lugar, eu imagino — disse Alice.

— Exatamente — disse o Chapeleiro —, quando a louça fica suja.

— Mas o que é que acontece quando vocês chegam no começo de novo? — Alice arriscou perguntar.

— Que tal a gente mudar de assunto? — a Lebre de Março interrompeu, bocejando. — Eu estou cansando disso. Meu voto é que a mocinha conte uma história pra nós.

— Infelizmente eu não sei uma história pra contar — disse Alice, um tanto espantada com a proposta.

— Então o Hamster conta! — os dois gritaram. — Acorda, Hamster! — E deram seu beliscão, cada um num lado do bicho.

O Hamster abriu lentamente os olhos.

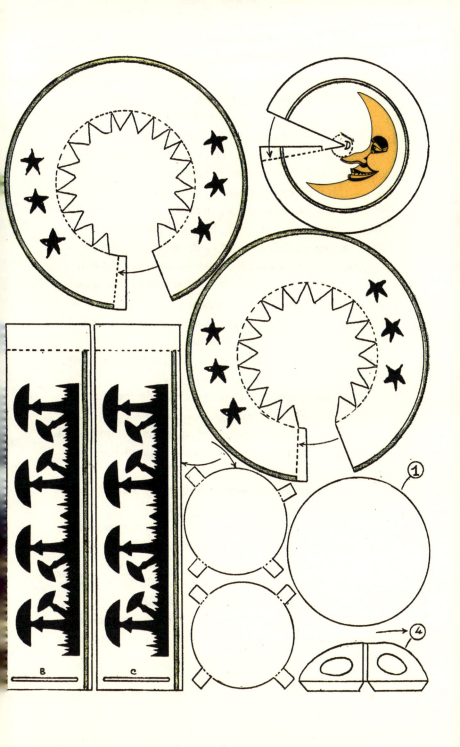

— Eu não estava dormindo — disse com uma voz fraca e roufenha. — Eu ouvi tudinho que vocês estavam dizendo.

— Conte uma história! — disse a Lebre de Março.

— Isso, por favor! — pediu Alice.

— E não se enrole — acrescentou o Chapeleiro —, senão você pega no sono antes de acabar.

— Era uma vez três irmãzinhas — o Hamster começou, todo apressado —; e seus nomes eram Elsie, Lacie e Tillie; e elas moravam no fundo de um poço...

— E elas viviam de quê? — disse Alice, que sempre se interessava muito por questões de comida e bebida.

— Elas viviam de melaço — disse o Hamster, depois de pensar por um ou dois minutos.

— Mas isso não ia dar certo, sabe — Alice comentou, delicada. — Elas iam ficar doentes.

— E ficaram mesmo — disse o Hamster. — *Bem* doentes.

Alice tentou imaginar como seria viver de uma maneira tão extraordinária, mas ficou intrigada demais, então disse:

— Mas por que elas moravam no fundo de um poço?

— Tome mais chá — a Lebre de Março lhe disse, muito atenciosa.

— Eu ainda nem tomei — Alice replicou, num tom ofendido —, então não posso tomar *mais*.

— Você quer dizer que não pode tomar *menos* — disse o Chapeleiro. — É facílimo tomar *mais* que nada.

— Ninguém pediu a *sua* opinião — disse Alice.

— Quem é que está fazendo comentários pessoais agora? — o Chapeleiro perguntou, triunfante.

Alice não sabia bem como responder, então se serviu de chá e de pão com manteiga, depois olhou para o Hamster e repetiu sua pergunta:

— Por que elas moravam no fundo de um poço?

O Hamster novamente pensou por um ou dois minutos, e então disse:

— Era um poço de melaço.

— Isso não existe! — Alice ia dizendo muito irritada, mas o Chapeleiro e a Lebre de Março fizeram: "Sh! Sh!", e o Hamster comentou, contrafeito:

— Se você não tem educação, melhor você mesma terminar de contar a história.

— Não, por favor, continue! — Alice disse, toda humilde. — Eu não interrompo mais. Imagino que *um* deva existir.

— Um, até parece! — disse o Hamster, indignado. Contudo, aceitou continuar. — E assim essas três irmãzinhas... elas estavam aprendendo a desenhar, sabe...

— Elas desenhavam o quê? — disse Alice, esquecida de sua promessa.

— Melaço — disse o Hamster, sem nem se incomodar dessa vez.

— Eu preciso de uma xícara limpa — interrompeu o Chapeleiro —, vamos todos passar pra próxima cadeira.

Ele trocou de lugar quando disse isso, e o Hamster foi atrás; a Lebre de Março passou para o lugar do Hamster, e Alice meio contrariada ocupou o lugar da Lebre de Março. O Chapeleiro era o único que levava vantagem com a troca; e Alice acabou ficando em situação bem pior, pois a Lebre de Março tinha acabado de virar a jarra de leite no prato.

Alice não queria ofender o Hamster outra vez, então foi dizendo com muito cuidado:

— Mas é que eu não estou entendendo. De onde vinha o melaço?

— Um poço de água dá água — disse o Chapeleiro —; então eu diria que um poço de melaço deve dar melaço, né, sua estúpida?

— Mas elas estavam *no* poço — Alice disse ao Hamster, decidindo não se incomodar com esse último comentário.

— Mas claro — disse o Hamster —, empoçadas.

Essa resposta deixou Alice tão confusa que ela acabou deixando o Hamster falar algum tempo sem interromper.

— Elas estavam aprendendo a desenhar — o Hamster continuou, bocejando e esfregando os olhinhos, pois estava ficando com muito sono —; e elas desenhavam todo tipo de coisa, tudo que começa com a letra M...

— Por que com M? — disse Alice.

— Por que não? — disse a Lebre de Março.

Alice ficou em silêncio.

O Hamster a essa altura já tinha fechado os olhos, e estava caindo no sono; mas, com um beliscão do Chapeleiro, acordou de novo soltando um gritinho e continuou:

—... que começa com M, como maletas e mercúrio e memórias e malgrado... sabe quando dizem que isso aconteceu "malgrado" aquilo outro, mas você já viu algum desenho de um malgrado?

— Na verdade, agora que eu parei pra pensar — disse Alice, extremamente confusa —, nada me vem à cabeça...

— Então você não devia abrir a boca — disse o Chapeleiro.

Esse exemplo de grosseria foi além da conta para Alice. Ela levantou contrariadíssima e saiu dali; o Hamster caiu imediatamente no sono, e nenhum dos outros dois nem percebeu sua partida, ainda que ela tenha olhado para trás uma ou duas vezes, quase certa de que iam chamá-la de volta; na última vez que os viu, eles tentavam enfiar o Hamster no bule.

— O que eu sei é que *lá* eu não volto mais! — disse Alice enquanto ia abrindo caminho pelo bosque. — Aquele chá é a maior estupidação que eu já vi na minha vida inteirinha!

Bem quando falou isso, percebeu que uma das árvores tinha uma porta. "Isso é muito curioso!", ela pensou. "Mas tudo está curioso hoje. Acho que eu devia entrar imediatamente ali." E lá foi ela.

Uma vez mais se encontrou na sala comprida, e perto da mesinha de vidro.

— Agora, dessa vez eu vou ser mais inteligente — ela disse, e começou pegando a chavinha dourada e destrancando a porta que dava para o jardim. Então se pôs a mordiscar o cogumelo (tinha guardado um pedaço no bolso) até estar com cerca de trinta centímetros de altura; então atravessou o pequeno corredor; e *então...* finalmente se viu no lindo jardim, entre canteiros de flores coloridas e fontes de água fresca.

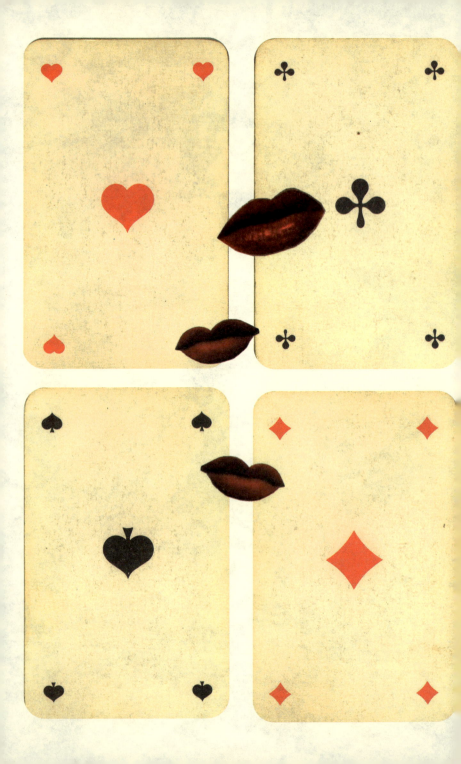

Capítulo VIII

O campo de croquet *da Rainha*

Uma grande roseira ficava junto da entrada do jardim; as rosas que ali cresciam eram brancas, mas três jardineiros lidavam com a planta, diligentemente pintando as flores de vermelho. Alice achou que isso era muito curioso, e chegou mais perto para ver e, assim que chegou, ouviu um deles dizer:

— Cuidado aí, Cinco! Não fique espirrando tinta em mim desse jeito!

— Eu não pude evitar — disse o Cinco, contrariado. — O Sete bateu no meu braço.

Nisso o Sete olhou para eles e falou:

— Está certo, Cinco! Sempre melhor pôr a culpa nos outros, né?

— Justo *você* vem reclamar? — disse o Cinco. — Eu ouvi a Rainha dizer ainda ontem que você merecia ser decapitado!

— Por quê? — disse o que tinha falado primeiro.

— Isso não é problema *seu*, Dois! — retrucou o Sete.

— É sim, é problema dele *sim*! — disse o Cinco —, e eu vou contar... foi por ter levado tulipas para a cozinheira, em vez de cebolas.

O Sete jogou o pincel no chão, e estava começando a dizer:

— Ora, mas isso já é um absurdo... — quando por acaso topou com Alice, ali parada olhando para eles, e se conteve de repente; os outros também olharam em volta, e todos fizeram uma profunda reverência.

— Vocês podem me dizer — falou Alice, um tanto tímida — por que estão pintando essas rosas?

O Cinco e o Sete não abriram a boca, mas olharam para o Dois. O Dois começou a falar, com uma voz baixa:

— Bom, a questão, veja bem, senhorita, é que era pra esta aqui ser uma roseira *vermelha*, e a gente plantou uma branca por engano; e se a Rainha acabasse descobrindo, todo mundo aqui ia perder a cabeça, sabe. Então, veja bem, senhorita, a gente está fazendo o que pode, antes de ela chegar, pra...

Nesse momento o Cinco, que olhava ansioso por todo o jardim, gritou:

— A Rainha! A Rainha! — E os três jardineiros imediatamente se jogaram de cara no chão. Veio o som de muitos passos e Alice olhou em volta, impaciente para ver a Rainha.

Primeiro vinham dez soldados carregando paus; esses eram iguaizinhos aos três jardineiros, oblongos e achatados, com mãos e pés nos cantinhos; depois os dez membros da corte; todos esses eram enfeitados de ouros e caminhavam de dois em dois, assim como os soldados. Depois deles vinham os infantes reais; esses dez queridinhos vinham saltitando alegres de mãos dadas, aos pares; eram todos enfeitados de corações. Depois vinham os convidados, em sua maioria Reis e Rainhas, e entre eles Alice reconheceu o Coelho Branco: ele conversava de maneira apressada e nervosa, sorrindo para cada pessoa que falava, e passou sem perceber sua presença. Então vinha o Valete de Copas, trazendo a coroa do Rei numa almofada de veludo carmesim; e, fechando o grandioso cortejo, vinham O REI E A RAINHA DE COPAS.

Alice ficou muito em dúvida quanto à necessidade de se deitar de bruços como os três jardineiros, mas não lembrava de jamais ter ouvido falar de uma regra como essa para um cortejo; "E, além do mais, pra que é que ia servir um cortejo", pensou, "se as pessoas deitassem todas de cara no chão, sem poder enxergar nada?". Então ficou imóvel onde estava e esperou.

Quando o cortejo chegou bem à frente de Alice, eles todos pararam e olharam para ela, e a Rainha disse com severidade:

— Quem é essa aí? — Ela se dirigia ao Valete de Copas, que em resposta só fez uma reverência e sorriu. — Idiota! — disse a Rainha, empinando impaciente o nariz; e olhando para Alice, ela continuou: — Qual é o seu nome, menina?

— O meu nome é Alice, uma vossa criada, Majestade — respondeu Alice, muito educadinha; mas ela acrescentou, de si para consigo: "Ora, eles são só um baralho, no fim das contas. Eu não tenho por que ter medo deles!".

— E quem são *esses* aí? — disse a Rainha, apontando para os três jardineiros deitados em volta da roseira; pois, veja bem, como eles estavam deitados de cara no chão e o padrão de suas costas era o mesmo do resto do baralho, ela não sabia dizer se eram jardineiros ou soldados, cortesões ou três de seus filhos.

— Como é que *eu* vou saber? — disse Alice, ela mesma surpresa com sua coragem. — Isso não é problema *meu*.

A Rainha ficou carmesim de raiva, e depois de passar um momento olhando fixamente para ela, como um animal selvagem, gritou:

— Cortem-lhe a cabeça! Cortem...

— Bobagem! — disse Alice, falando alto, num tom decidido, e a Rainha se calou.

O Rei pôs a mão no braço da Rainha e timidamente falou:

— Repense, querida: ela é só uma criancinha!

Raivosa, ela lhe deu as costas e disse ao Valete:

— Vire aqueles ali!

O Valete os virou, com muito cuidado, usando a ponta do pé.

— Levantem! — disse a Rainha num grito esganiçado, e os três jardineiros imediatamente se puseram de pé e começaram a fazer reverências para o Rei, a Rainha, os infantes reais e todos os outros. — Parem já com isso! — gritou a Rainha. — Eu estou ficando tonta. — E então, virando-se para a roseira, continuou: — O que é que vocês andavam fazendo aqui?

— Ó, Vossa Majestade — disse o Dois num tom de extrema humildade, pondo um joelho no chão enquanto falava —, nós estávamos tentando...

— *Entendi*! — disse a Rainha, que nesse meio-tempo foi examinando as rosas. — Cortem a cabeça deles! — E o cortejo seguiu em frente, três dos soldados ficando para trás a fim de executar os desafortunados jardineiros, que correram na direção de Alice em busca de proteção.

— Vocês não vão ser decapitados! — disse Alice, e pôs os três num grande vaso que estava ali ao lado. Os três soldados ficaram um ou dois minutos andando por lá, à procura deles, e então marcharam, em silêncio, para ir se juntar aos outros.

— Cortaram? — gritou a Rainha.

— Cabeças devidamente perdidas, ó, Vossa Majestade! — os soldados gritaram em resposta.

— Muito bem! — gritou a Rainha. — Você sabe jogar *croquet*?

Os soldados ficaram em silêncio e olharam para Alice, já que a pergunta obviamente se dirigia a ela.

— Sei! — gritou Alice.

— Então venha! — urrou a Rainha, e Alice se juntou ao cortejo, querendo muitíssimo saber o que ia acontecer agora.

— Está… está um dia muito bonito! — disse uma voz tímida ao seu lado. Ela estava caminhando com o Coelho Branco, que espiava angustiado seu rosto.

— Muito — disse Alice. —… Cadê a Duquesa?

— Quietinha! Quietinha! — disse o Coelho num tom baixo e apressado. Ele olhava angustiado para trás ao falar, e então se pôs na pontinha das patas, chegou bem perto da orelha dela e sussurrou: — Ela recebeu uma sentença de execução.

— Por quê? — disse Alice.

— Você disse "Que pena!"? — o Coelho perguntou.

— Não, não disse — falou Alice. — Eu não acho que seja uma pena, não mesmo. Eu disse "Por quê?".

— Ela deu um tapa na orelha da Rainha… — o Coelho foi dizendo. Alice soltou um gritinho de alegria. — Ah, quietinha! — o Coelho sussurrou num tom assustado. — A Rainha vai te ouvir! Veja bem, ela chegou bem atrasada, e a Rainha disse…

— Todo mundo em suas posições! — gritou a Rainha numa voz de trovão, e as pessoas começaram a correr para todo lado, trombando umas com as outras; no entanto, em um ou dois minutos elas se acomodaram e o jogo começou. Alice pensou que nunca tinha visto um campo de *croquet* tão curioso na sua vida; era todo cheio de montinhos e buracos; as bolas eram porcos-espinhos vivos, os tacos eram flamingos, e os soldados tinham que se dobrar inteiros e ficar de quatro para fazer os arcos.

A principal dificuldade que Alice encontrou no começo foi lidar com seu flamingo: conseguiu ajeitar o corpo dele, de um jeito mais ou menos confortável embaixo do braço, com as pernas dependuradas, mas, via de regra, bem quando tinha lhe esticado direitinho o pescoço e estava prestes a usar a cabeça para bater no porco-espinho, ele acabava se *contorcendo* todo e olhando bem na sua cara, com uma expressão tão intrigada que ela só podia rir; e quando ela fazia ele baixar a cabeça e ia começar tudo de novo, era para lá de irritante ver que o porco-espinho tinha se desenrolado e estava se afastando dali; além disso tudo, via de regra, havia um montinho ou um buraco no trajeto do porco-espinho, e como os soldados redobrados ficavam o tempo todo levantando e indo para outros trechos do campo, Alice logo chegou à conclusão de que se tratava de fato de um jogo dificílimo.

Todos jogavam ao mesmo tempo, sem esperar sua vez, brigando sem parar e lutando pelos porcos-espinhos; e muitíssimo em breve a Rainha estava numa fúria alucinada, e saía batendo os pezinhos e gritando "Cortem-lhe a cabeça! Cortem-lhe a cabeça!" mais ou menos uma vez por minuto.

Alice começou a se sentir muito pouco à vontade; é bem verdade que até ali não tinha entrado em nenhuma discussão com a Rainha, mas sabia que isso podia acontecer a qualquer momento. "E aí", pensou ela, "o que seria de mim? Eles são terrivelmente inclinados a decapitar as pessoas por aqui; é de estranhar que ainda tenha sobrado gente viva!"

Estava em busca de uma saída e pensando se conseguiria escapar sem dar na vista, quando percebeu uma curiosa aparição no ar: de início ficou muito intrigada, mas depois de ficar observando por um ou dois minutos, entendeu que era um sorriso e disse a si mesma:

— É o Gato de Cheshire; agora eu vou ter com quem conversar.

— Como é que você está indo? — disse o Gato, assim que teve boca suficiente para falar.

Alice esperou os olhos aparecerem e então concordou com a cabeça. "Não adianta falar com ele", ela pensou, "até aparecerem as orelhas, ou pelo menos uma das orelhas." Em mais um minuto a cabeça toda apareceu, e aí Alice largou seu flamingo e começou a descrever a partida, muito feliz por ter alguém com quem conversar. O Gato aparentemente achou que já tinha partes suficientes à vista, e nada mais dele apareceu.

— Eu não acho que eles estão jogando limpo — Alice começou num tom bem insatisfeito —, e todo mundo fica brigando tanto, que você não consegue escutar nem sua própria voz... e parece que eles nem têm regras; na melhor das hipóteses, se esse jogo tem regras, ninguém obedece... e você não tem ideia da confusão que é com tudo sendo vivo; por exemplo, olha ali, andando do outro lado do campo, o arco que eu tenho que acertar agora... e eu estava pra acertar o porco-espinho da Rainha agora mesmo, só que ele saiu correndo quando viu o meu chegar!

— Você está gostando da Rainha? — disse o Gato em tom baixo.

— Nem um pouco — disse Alice —, ela é tão extremamente... — e nesse momento percebeu que a Rainha estava logo atrás, prestando atenção —... favorita neste jogo, que mal vale a pena ir até o fim.

A Rainha sorriu e seguiu em frente.

— Mas com *quem* você está conversando? — disse o Rei, indo até Alice e olhando muito curioso para a cabeça do Gato.

— É um amigo meu... um Gato de Cheshire — disse Alice —, eu posso fazer as honras, Majestade.

— Não gostei nadinha da cara dele — disse o Rei —, mas ele pode beijar a minha mão, se quiser.

— Não faço questão — o Gato declarou.

— Não seja impertinente — disse o Rei —, e não fique me olhando desse jeito! — Ele foi para trás de Alice enquanto falava.

— Um gato pode olhar um rei — disse Alice. — Eu li isso em algum livro, mas não lembro qual.

— Bom, ele precisa ser retirado daqui — disse o Rei, muito decidido, e chamou a Rainha, que estava por perto naquele momento: — Minha querida! Desejo que este gato seja removido!

A Rainha só conhecia uma maneira de resolver todas as dificuldades, pequenas ou grandes.

— Cortem-lhe a cabeça! — disse, sem nem se virar para eles.

— Eu vou pessoalmente buscar o carrasco — disse o Rei, impaciente, e saiu apressado.

Alice achou que podia muito bem voltar para ver como o jogo estava indo, já que escutava ao longe a voz da Rainha, gritando enfurecida. Já tinha ouvido as sentenças de execução de três jogadores que tinham perdido a vez, e não estava gostando nada daquilo, já que o jogo era uma confusão tão grande que ela nunca sabia se era ou não a sua vez. Então, foi procurar seu porco-espinho.

O porco-espinho estava brigando com outro porco-espinho, o que Alice achou que era uma oportunidade excelente de bater com um no outro; o único problema era que seu flamingo tinha ido para o outro lado do jardim, onde tentava de um jeito meio desamparado voar para cima de uma árvore.

Quando conseguiu pegar o flamingo e trazê-lo de volta, a briga já tinha acabado e os dois porcos-espinhos tinham desaparecido. "Mas não faz tanta diferença", pensou Alice, "já que os arcos todos sumiram desta parte do campo." Então ela meteu a ave debaixo do braço, para evitar que fugisse outra vez, e voltou para conversar mais um pouco com seu amigo.

Quando chegou de novo ao Gato de Cheshire, ficou surpresa ao ver uma multidão considerável em volta dele; estava acontecendo uma discussão entre o carrasco, o Rei e a Rainha, que falavam todos ao mesmo tempo, enquanto as outras pessoas ficavam bem quietinhas, com cara de não estarem nem um pouco à vontade.

Assim que Alice apareceu, os três recorreram a ela, pedindo que resolvesse a questão, e lhe repetiram seus argumentos, ainda que, como todos falavam ao mesmo tempo, ela tenha achado bem difícil entender exatamente o que era dito.

O argumento do carrasco era que não era possível cortar uma cabeça se ela não podia ser cortada de algum corpo; que ele nunca teve que fazer uma coisa dessas e que não ia começar a *essa* altura da vida.

O argumento do Rei era que tudo que tinha cabeça podia ser decapitado e que era inútil ficar falando bobagem.

O argumento da Rainha era que, se não fizessem alguma coisa, sem demora nem meia demora, ela ia mandar executar todo mundo, sem exceção. (Foi esse último comentário que fez o grupo todo ficar tão sério e angustiado.)

Alice só conseguiu pensar em dizer:

— Ele é da Duquesa; é melhor perguntar a opinião *dela*.

— Ela está presa — a Rainha disse ao carrasco —, vá lá buscá-la.

E o carrasco disparou como uma flecha.

A cabeça do Gato começou a desaparecer assim que o carrasco lhe deu as costas, e quando ele voltou com a Duquesa, já tinha sumido inteirinha; então o Rei e o carrasco ficaram correndo alucinados de um lado para outro atrás dela, enquanto o resto do grupo voltava ao jogo.

Capítulo IX

A história da Tartaruga Combatata

— Você não imagina o quanto eu fico feliz de te rever, sua fofa! — disse a Duquesa, dando amistosamente o braço a Alice, e as duas caminharam juntas.

Alice ficou muito feliz de encontrar a Duquesa tão animada, e pensou que talvez fosse só a pimenta a razão daquela selvageria de quando a viu na cozinha.

"Quando *eu* for Duquesa", ela pensou (mas sem grandes esperanças), "não vou nem ter pimenta na cozinha, *nadinha*. A sopa fica excelente sem... vai ver é sempre a pimenta que deixa as pessoas de cabeça quente", prosseguiu, bem satisfeita por ter descoberto uma nova espécie de regra, "e vinagre deixa todo mundo azedo... e camomila faz você ficar amargo... e... e são os confeitos e essas coisas que fazem com que as crianças sejam tão doces. Quem dera as pessoas soubessem disso; aí não iam ficar controlando tanto os doces, sabe..."

Já nem estava pensando na Duquesa, e até tomou um susto quando ouviu a voz dela perto de sua orelha.

— Você está pensando em alguma coisa, minha querida, e isso te faz esquecer de falar. Neste momento eu não sei te dizer a moral disso tudo, mas daqui a pouco eu já lembro.

— Talvez não tenha uma moral — Alice arriscou dizer.

— Ora, ora, menina! — disse a Duquesa. — Tudo tem uma moral, é só você encontrar. — E se espremeu mais contra o corpo de Alice enquanto falava.

Alice não estava gostando muito de ficar tão perto dela; primeiro, porque a Duquesa era *muito* feia; e, segundo, porque tinha exatamente a altura certa para apoiar o queixo no ombro de Alice, e era um queixo pontudo à beça. No entanto, ela não gostava de ser mal-educada, e foi aguentando como pôde.

— O jogo está correndo melhor agora — ela disse, para tentar manter viva a conversa.

— Deveras — disse a Duquesa —, e a moral disso é "Ah, é o amor, que mexe com a minha cabeça e faz tudo girar!".

— Alguém falou — sussurrou Alice — que o mundo gira é quando cada um cuida da própria vida!

— Ah, mas então! Quer dizer basicamente a mesma coisa — disse a Duquesa, metendo seu queixinho pontudo no ombro de Alice enquanto acrescentava: — E a moral *disso* é: "Quem esmera som se cansa e quem semeia senso colhe até emprestado".

"Como ela gosta de encontrar a moral das coisas!", Alice pensou.

— Imagino que você esteja se perguntando por que eu não passo o meu braço pela sua cintura — a Duquesa disse depois de uma pausa. — O motivo é que eu não tenho muita segurança quanto à disposição do seu flamingo. Tento uma experiência?

— Ele pode bicar — Alice replicou, cautelosa, sem vontade nenhuma de passar pela experiência.

— Bem verdade — disse a Duquesa. — O flamingo é bicante como a mostarda é picante. E a moral disso é: "Mais vale um pássaro bicando do que dois te picando".

— Só que mostarda não é pássaro — Alice comentou.

— Você tem razão, como sempre — disse a Duquesa. — Que clareza de expressão você tem!

— Eu *acho* que é mineral — disse Alice.

— Mas claro que é — disse a Duquesa, que parecia pronta a concordar com tudo que Alice dissesse. — Tem uma mina de mostarda bem grande pertinho daqui. E a moral disso é: "O passado é escória e o futuro é minério".

— Ah, já sei! — exclamou Alice, que não tinha prestado atenção nesse último comentário. — É vegetal. Não parece, mas é.

— Concordo plenamente com você — disse a Duquesa. — E a moral disso é: "Seja o que você parece ser", ou se você quiser dizer de um modo mais simples: "Nunca imagine que você não é diferente do que pode parecer aos outros que o que você foi ou pode ter sido não era diferente do que você foi lhes teria parecido ser diferente".

— Acho que eu podia entender isso melhor — Alice disse, muito educadinha —, se tivesse anotado; mas não estou conseguindo acompanhar de ouvido.

— Isso não é nada comparado com o que eu poderia dizer se quisesse — a Duquesa replicou, parecendo satisfeita.

— Por favor, nem se incomode, não precisa tentar dizer mais comprido que isso — disse Alice.

— Ah, mas não é incômodo! — disse a Duquesa. — Pode pegar tudo que eu disse até agora e levar de presente.

"Mas que presentinho barato!", pensou Alice. "Que bom que as pessoas não dão presentes de aniversário desse tipo!" Mas não se arriscou a dizer isso em voz alta.

— Pensandinho de novo? — a Duquesa perguntou, com outro cutucão de seu queixinho pontudo.

— Eu tenho direito de pensar — disse Alice, de maneira cortante, pois já estava ficando preocupada.

— Tem tanto direito — disse a Duquesa — quanto os porcos têm de voar; e a mo...

Mas aqui, para imensa surpresa de Alice, a voz da Duquesa foi sumindo, bem no meio de sua palavra preferida, "moral", e o braço que estava preso ao seu começou a tremer. Alice ergueu os olhos, e lá estava a Rainha diante delas, de braços cruzados, com mil raios e trovões na cara fechada.

— Dia bonito, Majestade! — a Duquesa foi dizendo, com uma voz baixa e bem fraquinha.

— Olha, eu estou te avisando — gritou a Rainha, batendo os pés no chão enquanto falava —; ou some você ou some a sua cabeça, e isso bem mais que sem demora! Pode escolher!

A Duquesa exerceu seu direito de escolha e sumiu rapidinho.

— Vamos continuar o jogo — a Rainha disse a Alice, que estava com tanto medo que nem abriu a boca, mas foi com ela, lentamente, até o campo de *croquet*.

Os outros convidados tinham se aproveitado da ausência da Rainha e descansavam à sombra; no entanto, assim que a viram, voltaram correndo ao jogo, com apenas um comentário da Rainha, de que um mínimo atraso ia lhes custar a vida.

O tempo todo, enquanto jogavam, a Rainha ficava brigando com os outros jogadores e gritando: "Cortem-lhe a cabeça! Cortem-lhe a cabeça!". Quem recebia suas sentenças era levado preso pelos soldados, que obviamente precisavam deixar de ser arcos para cumprir essa tarefa, então, quando cerca de meia hora havia passado, não havia mais arcos, e todos os jogadores, fora o Rei, a Rainha e Alice, estavam detidos e condenados a ser executados.

Então a Rainha se deteve, já quase sem fôlego, e disse a Alice:

— Você já viu a Tartaruga Combatata?

— Não — disse Alice. — Eu nem sei o que é uma Tartaruga Combatata.

— É o que usam pra fazer sopa de Tartaruga Combatata — disse a Rainha.

— Nunca vi nem comi, eu só ouço falar — disse Alice.

— Então venha — disse a Rainha —, que ele te conta a história toda.

Enquanto as duas caminhavam, Alice ouviu o Rei dizer, baixinho, a todos que iam com eles:

— Vocês estão todos perdoados.

— Ora, está *aí* uma coisa boa! — ela disse a si mesma, pois estava bem infeliz com a quantidade de execuções que a Rainha tinha decretado.

Eles logo encontraram um Grifo, dormindo profundamente ao sol. (Se você não sabe o que é um Grifo, olhe a ilustração.)

— Acorda, seu preguiçoso! — disse a Rainha. — E leve essa mocinha para ver a Tartaruga Combatata e ouvir a história dela. Eu preciso voltar pra cuidar de umas execuções que eu decretei. — E ela foi embora, deixando Alice com o Grifo. Alice não gostou muito da aparência da criatura, mas, somando prós e contras, achou que seria tão seguro ficar ali com ela quanto ir atrás daquela Rainha selvagem; então esperou.

O Grifo sentou e esfregou os olhos, então ficou olhando a Rainha até ela desaparecer, e então deu uma risadinha.

— Ah, que divertido! — disse o Grifo, meio para si, meio para Alice.

— O *que* é divertido? — disse Alice.

— Ora, *ela* — disse o Grifo. — É tudo invenção dela, isso: eles nunca executam ninguém, sabe. Venha!

"Todo mundo diz 'venha!' neste lugar", pensou Alice, enquanto o seguia lentamente. "Eu nunca recebi tanta ordem na minha vida, nunquinha!"

Não precisaram andar muito para ver a Tartaruga Combatata ao longe, sentada tristonha e solitária numa pedra e, quando foram se aproximando, Alice ouviu que ela cantava como quem está com o coração partido. Ficou com muita pena do bicho.

— Por que ele está tão triste? — perguntou ao Grifo, e o Grifo respondeu, praticamente com as mesmas palavras de antes:

— É tudo invenção dele, isso: ele não tem tristeza nenhuma, sabe. Venha!

Então foram até a Tartaruga Combatata, que olhou para eles com olhos imensos cheios de lágrimas, mas não abriu a boca.

— Esta mocinha aqui — disse o Grifo —, ela quer é saber a sua história, quer sim.

— Eu vou contar — disse a Tartaruga Combatata num tom oco e baixo —, sentem, vocês dois, e não digam uma única palavra antes de eu acabar.

Então eles sentaram, e ninguém falou por alguns minutos. Alice pensou: "Não sei como é que ele *pode* acabar, se não começa nunca". Mas esperou com calma.

— Um dia — disse finalmente a Tartaruga Combatata num suspiro profundo —, eu fui uma tartaruga normal.

Essas palavras foram seguidas por um silêncio longuíssimo, quebrado apenas ocasionalmente pelo Grifo, que exclamava "Hjckrrh!", e pelos constantes soluços do choro da Tartaruga Combatata. Alice estava quase levantando e dizendo: "Muito obrigada, meu senhor, pela sua história tão interessante", mas não conseguia evitar a suspeita de que *devia* haver algo mais naquilo ali, então ficou sentada bem quietinha.

— Quando éramos pequenos — a Tartaruga Combatata finalmente foi dizendo, mais calma, ainda que continuasse soltando um ou outro suspiro —, nós frequentávamos uma escola no mar. O mestre-escola era uma velha tartaruga... nós chamávamos o mestre de Tortarruga...

— E por que vocês chamavam ele assim? — Alice perguntou.

— Porque ele era encurvado e enrugado — disse a Tartaruga Combatata, irritada —, você é bem tapada mesmo!

— Você devia ter vergonha de fazer uma pergunta tão boba — acrescentou o Grifo; e os dois ficaram em silêncio observando a pobre Alice, que parecia querer se enfiar num buraco no chão. Por fim o Grifo disse à Tartaruga Combatata: — Segue adiante, camarada! Vamos, que a gente não tem o dia todo! — E ele prosseguiu com estas palavras:

— Sim, nós frequentávamos a escola no mar, ainda que você possa não acreditar...

— Eu nunca disse isso! — interrompeu Alice.

— Disse sim — replicou a Tartaruga Combatata.

— Pense antes de falar! — acrescentou o Grifo antes de Alice conseguir abrir a boca. A Tartaruga Combatata continuou:

— A nossa educação era excelente... a bem da verdade, nós íamos à escola todo dia...

— *Eu também* frequentei uma escola em período integral — disse Alice. — Não precisa desse orgulho todo.

— Com disciplinas extracurriculares? — perguntou a Tartaruga Combatata, um tanto ansiosa.

— Sim — disse Alice —, nós estudamos francês e música.

— E roupa lavada? — disse a Tartaruga Combatata.

— Mas claro que não! — disse Alice, indignada.

— Ah! então a sua não era uma escola boa de verdade — disse a Tartaruga Combatata, num tom muito aliviado. — Mas na *nossa* eles sempre mandavam escrito na conta "Francês, música *e roupa lavada* – extra".

— Não devia ser das coisas mais urgentes — disse Alice —, pra quem mora no fundo do mar.

— Eu não tinha dinheiro pra pagar — disse a Tartaruga Combatata num suspiro. — Eu só fiz o currículo normal.

— E nesse tinha o quê? — perguntou Alice.

— Deitado e Rotação, é claro, pra começar — a Tartaruga Combatata replicou —; e depois os diversos ramos da Aritmética: Ambição, Distração, Pulcrificação e Derrisão.

— Eu nunca ouvi falar de Pulcrificação — Alice se atreveu a dizer. — O que é isso?

O Grifo ergueu duas patas, tamanha sua surpresa.

— Como? Nunca ouviu falar de pulcrificar? — ele exclamou. — Você sabe o que quer dizer *pulcro*, eu imagino.

— Sei — disse Alice, sem convicção —, é... o mesmo... que... bonito.

— Pois muito bem — o Grifo continuou —, se você não entende pulcrificar, você é *mesmo* uma tonta.

Alice não se sentia encorajada a fazer mais perguntas sobre isso, então olhou para a Tartaruga Combatata e disse:

— O que mais vocês tinham que aprender?

— Bom, tinha aula de Histeria — a Tartaruga Combatata replicou, contando as disciplinas nas nadadeiras: — Histeria Antiga e Histeria Moderna, além de Gelaguafria; e aí Desdenho... o professor de Desdenho era uma velha enguia, que vinha uma vez por semana; dava aula de Desdenho, Bravura e Pendura a Ódio.

— E *isso*, como é que era? — disse Alice.

— Bom, eu é que não posso te mostrar — a Tartaruga Combatata disse. — Eu sou muito calma. E o Grifo nunca aprendeu.

— Não tive tempo — disse o Grifo —, mas frequentei o mestre de Clássicas. Era um velho caranguejo, casca-grossa.

— Esse eu nunca frequentei — a Tartaruga Combatata disse num suspiro —, ele dava aula de Míngua Grelha e Míngua Latrina, pelo que diziam na época.

— Dava mesmo, dava mesmo — disse o Grifo, suspirando também; e as duas criaturas esconderam o rosto nas mãos.

— E quantas horas por dia duravam essas aulas? — disse Alice, ansiosa para mudar de assunto.

— Dez horas no primeiro dia — disse a Tartaruga Combatata —, nove no seguinte, e assim por diante.

— Que ideia mais curiosa! — exclamou Alice.

— É por isso que o lugar é chamado de escola — o Grifo comentou —, porque *descola* uma hora por dia.

Alice nunca tinha pensado nisso, e refletiu um pouco antes de fazer seu comentário seguinte:

— Então o décimo primeiro dia devia ser feriado.

— Mas claro — disse a Tartaruga Combatata.

— E o que é que vocês faziam no décimo segundo? — Alice prosseguiu, curiosa.

— Chega de falar de aulas — o Grifo interrompeu, num tom muito decidido —, fale pra ela dos jogos, agora.

Capítulo X

A Quadrilha da Lagosta

A Tartaruga Combatata soltou um suspiro profundo e passou as costas de uma nadadeira pelos olhos. Olhou para Alice e tentou falar, mas por um ou dois minutos sua voz ficou travada pelo choro.

— Parece que está engasgada com um osso — disse o Grifo, e começou a sacudir o amigo e socar suas costas. Finalmente a Tartaruga Combatata recuperou a voz, e com lágrimas escorrendo pelo rosto, tornou a falar:

— Você pode não ter morado muito tempo no fundo do mar... — ("Não mesmo", disse Alice) —... E talvez nunca tenha conhecido uma lagosta... — (Alice começou a dizer: "Uma vez eu comi...", mas se conteve a tempo e disse: "Não; nunca") —... então você não tem a menor ideia da maravilha que é uma Quadrilha da Lagosta!

— Não tenho mesmo — disse Alice. — Que tipo de dança seria?

— Ora — disse o Grifo —, começa com os dançarinos formando uma linha na praia...

— Duas linhas! — gritou a Tartaruga Combatata. — Focas, tartarugas, salmões etc.; aí, depois de eles tirarem todas as águas-vivas do caminho...

— *Isso* normalmente demora um pouquinho — interrompeu o Grifo.

—... você dá dois passos à frente...

— Cada um dançando com uma lagosta! — gritou o Grifo.

— Claro — disse a Tartaruga Combatata —, dois passos à frente, encara o seu par...

—... troca de lagosta e sai na mesma ordem — continuou o Grifo.

— Aí, você sabe — a Tartaruga Combatata prosseguiu —, você joga as...

— As lagostas! — gritou o Grifo, dando um pulo.

—... no mar, o mais longe que conseguir...

— Vai nadando atrás delas! — gritou o Grifo.

— Dá um salto-mortal no mar! — gritou a Tartaruga Combatata, saltitando como doida de um lado pro outro.

— Troca de lagosta de novo! — berrou o Grifo, empolgadíssimo.

— Volta à praia, e essa é a primeira figura — disse a Tartaruga Combatata, com uma voz subitamente mais baixa; e as duas criaturas, que até ali pulavam enlouquecidas, sentaram novamente, muito tristes e caladas, e olharam para Alice.

— Deve ser uma dança bem bonita — disse Alice timidamente.

— Quer ver um pedaço? — disse a Tartaruga Combatata.

— Muitíssimo — disse Alice.

— Venha, vamos tentar a primeira figura! — disse ao Grifo a Tartaruga Combatata. — A gente consegue sem as lagostas. Quem canta?

— Ah, *você* canta — disse o Grifo. — Eu não lembro a letra.

E então começaram uma dança solene em volta de Alice, de vez em quando pisando nos pés dela quando passavam perto demais e balançando as patas dianteiras para marcar o compasso, enquanto a Tartaruga Combatata cantava o seguinte, triste e lentamente:

"Vamos apressar o passo?", disse o peixe ao caramujo.
"O golfinho vai pisando no meu rabo, se eu não fujo.
Tartarugas e lagostas! Veja o grupo como avança!
E te espera ali na praia — quer entrar também na dança?
Queira, queira, caso queira, você quer entrar na dança?
Queira, queira, caso queira, mas não quer entrar na dança?

O prazer que a gente sente, mal consigo relatar
Quando como uma lagosta nos atiram para o mar!"
"Puxa", disse o caramujo, "a distância já me cansa —
Fico grato, Seu Linguado, mas não vou entrar na dança."
Ou podia, ou não queria, mas não quis entrar na dança.
Ou podia, ou não queria, não podia entrar na dança.

Mas lhe disse o escamoso: "Ir mais longe então faz mal?
Porque existe uma outra praia, do outro lado do canal.
Mais distância da Inglaterra quer dizer chegar na França,
Meu amado caramujo, seja bravo, e entre na dança.
Queira, queira, caso queira, você quer entrar na dança?
Queira, queira, caso queira, mas não quer entrar na dança?"

— Obrigada, é uma dança muito interessante de assistir — disse Alice, bem contente que afinal tinha acabado —, e eu gostei demais dessa canção curiosa do linguado!

— Ah, quanto aos linguados — disse a Tartaruga Combatata —, eles... você já viu um linguado, é claro.

— Vi — disse Alice. — Vejo sempre no almo... — Ela se conteve a tempo.

— Não sei onde fica o Almô — disse a Tartaruga Combatata —, mas se você vê linguados com tanta frequência, claro que sabe que aparência eles têm.

— Acho que sei — replicou Alice, pensativa. — Eles têm os dois olhos do mesmo lado... e são cobertos de farinha de rosca.

— Você está errada quanto à farinha de rosca — disse a Tartaruga Combatata —, isso o mar levava embora rapidinho. Mas eles têm *mesmo* os dois olhos do mesmo lado; e o motivo é que... — Aqui a Tartaruga Combatata bocejou e fechou os olhos. — Diga o motivo pra ela, e tudo mais — disse ao Grifo.

— O motivo — disse o Grifo — é que eles *quiseram* ir com as lagostas pra dança. Aí foram arremessados no mar. Aí tomaram um tombo bem grande. Aí ficaram com a cara toda torcida pra um lado. Aí não conseguiram mais arrumar. E pronto.

— Obrigada — disse Alice —, isso é muito interessante. Eu nunca soube tanta coisa sobre linguados.

— Eu posso te dizer mais coisas, se você quiser — disse o Grifo. — Sabe por que o nome do peixe é linguado?

— Nunca parei pra pensar — disse Alice. — Por quê?

— *Ele traz de tudo um pouco* — o Grifo replicou, num tom muito solene.

Alice ficou intrigadíssima.

— Traz de tudo um pouco! — repetiu, como quem pensa alto.

— Ora, quando *você* quer um pouco de alguma coisa — disse o Grifo —, qual é a expressão que você usa pra pedir?

Alice pensou antes de responder.

— Eu peço um bocado disso ou daquilo, eu acho.

— Pois no fundo do mar — o Grifo continuou, com voz profunda —, todo mundo pede um linguado disso ou daquilo. Pronto, agora você já sabe.

— Mas e se eles não quiserem trazer? — Alice perguntou, curiosíssima.

— Eles dizem "uma ova!", é claro — o Grifo replicou, bem impaciente. — Qualquer camarão podia ter respondido essa.

— Se eu fosse o linguado — disse Alice, que ainda estava pensando na música —, eu tinha dito ao golfinho "Mais pra trás, por favor; *você* não é bem-vindo aqui!".

— Eles eram obrigados a aceitar o golfinho — disse a Tartaruga Combatata —, nenhum peixe de classe ia se divertir sem um golfinho.

— Verdade? — disse Alice num tom de grande surpresa.

— Mas claro — disse a Tartaruga Combatata. — Ora, se um peixe elegante viesse falar *comigo* e dissesse que tinha um dia livre pra alguma diversão, eu ia perguntar "Que tal um golfinho?".

— Você não quer dizer "golfezinho"? — disse Alice.

— Eu quero dizer o que eu disse — a Tartaruga Combatata replicou num tom ofendido. E o Grifo acrescentou:

— Mas conte algumas das *suas* aventuras, então.

— Eu podia contar as minhas aventuras... a começar de hoje cedo — disse Alice, um tanto tímida —,

mas não adianta voltar ao dia de ontem, porque eu era outra pessoa.

— Explique essa coisa toda — disse a Tartaruga Combatata.

— Não, não! Primeiro as aventuras — disse o Grifo num tom impaciente —, explicar demora demais.

Então Alice começou a lhes narrar suas aventuras desde o momento em que viu o Coelho Branco. Estava um pouco nervosa no começo, porque as duas criaturas chegaram tão perto dela, uma de cada lado, e ficaram com a boca e os olhos *tão* escancarados, mas foi ganhando coragem enquanto falava. Sua plateia estava perfeitamente imóvel até ela chegar à parte em que recitava "O senhor está velho, meu pai" para a Lagarta, o texto saindo todo diferente, e então a Tartaruga Combatata respirou bem fundo e disse:

— Isso é muito curioso.

— Isso tudo é curiosíssimo — disse o Grifo.

— Saiu tudo diferente! — a Tartaruga Combatata repetiu, pensativa. — Acho que eu queria ouvir ela recitar alguma coisa agora. Diga pra ela começar. — Olhou para o Grifo como se achasse que ele tinha alguma autoridade sobre Alice.

— Fique de pé e recite "O recado do morro" — disse o Grifo.

"Como os bichos dão ordens e ficam fazendo você recitar!", pensou Alice. "Parece até que eu estou na escola." Mesmo assim, ela levantou e começou a recitar, mas estava com a cabeça tão concentrada na Quadrilha da Lagosta, que mal sabia o que dizia, e o poema saiu todo esquisito:

É o recado lagosto, e pretendo dizê-lo:
"Você passa do ponto, e me salga o cabelo."
Como o pato a pestana, ela emprega o focinho
Sobre o cinto e os botões, para abrir os pezinhos.

Quando a areia está seca, ela é só diversão
E até faz pouco-caso de algum tubarão,
Mas se sobe a maré, e ele logo aparece,
Sua voz fica tímida e fina, estremece.

— Está diferente do que *eu* recitava quando era criança — disse o Grifo.

— Bom, eu nunca ouvi — disse a Tartaruga Combatata —, mas parece uma bobajada sem fim.

Alice não abriu a boca; tinha sentado com o rosto nas mãos, e estava pensando se alguma coisa, *algum dia*, voltaria a acontecer de um jeito normal.

— Eu queria uma explicação — disse a Tartaruga Combatata.

— Ela não pode explicar — disse o Grifo, apressado. — Anda, vamos pra próxima estrofe.

— Mas e os pezinhos? — a Tartaruga Combatata persistia. — Como é que ela *podia* separar os pés com o focinho, sabe?

— É a primeira posição do balé — Alice disse; mas estava intrigadíssima com aquilo tudo e queria mudar de assunto.

— Anda, vamos pra próxima estrofe — o Grifo repetia, impaciente. — Começa assim "Visitei seu jardim".

Alice não se atreveu a desobedecer, ainda que tivesse certeza de que ia sair tudo errado, e continuou com a voz estremecida:

"Visitei seu jardim, porque havia avistado
A Coruja e a Pantera comendo um assado..."
A Pantera pegou toda a carne, de fato,
E a Coruja, contente, ficou com o prato.

No final a Coruja, que adora talher,
Recebeu permissão de levar a colher;
A Pantera ficou com uma faca ainda suja
E pôs fim ao banquete...

— Mas e *pra que* ficar recitando isso tudo — a Tartaruga Combatata interrompeu —, se você não para e vai dando explicações? É de longe a coisa mais confusa que eu já ouvi!
— É, acho melhor você parar — disse o Grifo, e Alice não reclamou nadinha da ideia.
— Tentamos outra figura da Quadrilha da Lagosta? — o Grifo prosseguiu. — Ou você quer que a Tartaruga Combatata cante uma música pra você?
— Ah, música, por favor, se a Tartaruga Combatata não se incomodar — replicou Alice, com tanta animação que o Grifo disse, num tom algo ofendido:
— Hm! O que é de gosto é regalo da vida! Cante a "Sopa de tartaruga" pra ela, tudo bem, camarada?
A Tartaruga Combatata soltou um suspiro profundo e começou, numa voz vez por outra afogada em soluços, a cantar o seguinte:

Belíssima Sopa, tão verde e cremosa,
Prontinha, bem quente e caldosa!
E nela eu me afundo, da proa até a popa!
Sopa noturna, belíssima Sopa!
Sopa noturna, belíssima Sopa!
Belííísss-sima Soooo-pa!
Belííísss-sima Soooo-pa!
Soo-ooopa no-tuuuuurna,
Bela, belíssima Sopa!

Belíssima Sopa! Adeus, carne assada,
Cozida, ou galinha ensopada!
E quem não deixava até mesmo o vovô pa-
Par mais da belíssima Sopa?
Papar mais da belíssima Sopa!
Belíííss-sima Soooo-pa!
Belíííss-sima Soooo-pa!
Soo-ooopa no-tuuuuurna,
Bela, belíssi-MA SOPA!

— De novo o refrão! — exclamou o Grifo, e a Tartaruga Combatata estava justo começando a repetir, quando um grito de "O julgamento começou!" fez-se ouvir ao longe.

— Vamos! — gritou o Grifo e, pegando a mão de Alice, saiu correndo, sem esperar pelo fim da canção.

— Que julgamento é esse? — Alice corria sem fôlego; mas o Grifo só respondia "Vamos!" e corria cada vez mais rápido; enquanto cada vez vinham mais fracas, carregadas pela brisa que os seguia, as melancólicas palavras:

Soo-ooopa no-tuuuuurna,
Bela, belíssima Sopa!

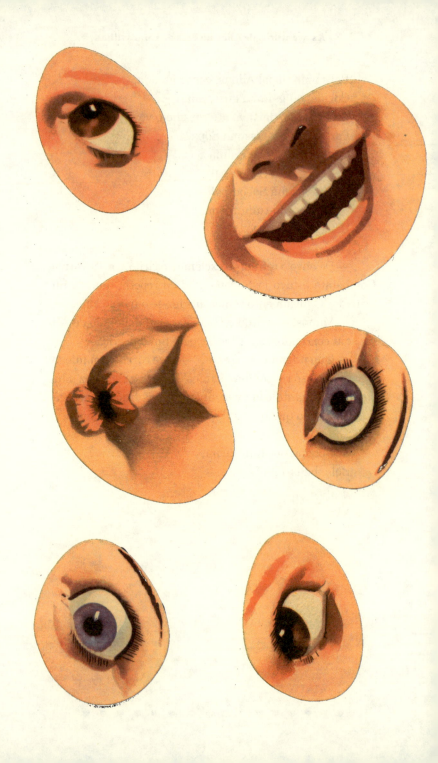

Capítulo XI

Quem roubou as tortinhas?

Quando eles chegaram, o Rei e a Rainha de Copas estavam sentados no trono, cercados por uma grande multidão — todo tipo de aves e outros animais, além do baralho inteirinho: o Valete estava de pé diante deles, acorrentado, de cada lado um soldado montando guarda; e perto do Rei estava o Coelho Branco, com um trompete numa das mãos e um rolo de pergaminho na outra. Bem no meio da corte havia uma mesa com um grande prato de tortinhas; estavam com uma cara tão boa que Alice ficou com fome só de olhar — "Quem dera eles acabassem de uma vez com esse julgamento", pensou, "e passassem aos lanchinhos!" Mas parecia que isso não ia acontecer tão cedo, então ela começou a olhar tudo que estava à sua volta, para se distrair.

Era a primeira vez de Alice num tribunal, mas ela já tinha lido a respeito, e ficou bem satisfeita ao perceber que sabia o nome de quase tudo ali dentro.

— Aquele ali é o juiz — ela disse a si mesma —, por causa daquela perucona.

O juiz, diga-se de passagem, era o Rei; e como ele estava com a coroa por cima da peruca (olhe a ilustração se quiser ver como ele fez), não parecia nada confortável, e aquilo não lhe caía nada bem.

"E aquilo é a bancada do júri", pensou Alice, "e aqueles doze bichinhos" (ela era obrigada a dizer "bichos", sabe, porque alguns eram animais da terra e outros eram aves), "eu imagino que sejam o júri." Ela repetiu essa última palavra uma ou duas vezes, orgulhosa de sabê-la; pois pensava, e não sem razão, que bem poucas menininhas de sua idade conheciam esse uso da palavra. No entanto, "jurados" também teria servido.

Os doze jurados estavam todos concentrados, escrevendo em pequenas lousas.

— O que é que eles estão fazendo? — Alice sussurrou ao Grifo. — Nem podem ter o que escrever enquanto o julgamento não começa.

— Estão anotando os próprios nomes — o Grifo sussurrou em resposta —, de medo de esquecerem antes do fim do julgamento.

— Que bichos estúpidos! — Alice ia dizendo em voz alta e indignada, mas parou logo, pois o Coelho Branco gritou:

— Silêncio no tribunal!

E o Rei pôs os óculos e olhou ansioso em volta para entender quem estava falando.

Alice podia ver, como se estivesse espiando por sobre os ombros deles, que todos os jurados estavam anotando BICHOS ESTÚPIDOS! em suas lousas, e podia até ver que um deles não sabia escrever BICHOS, e teve que perguntar ao vizinho. "Essas lousas vão estar uma confusão quando o julgamento acabar!", pensou Alice.

Um dos jurados usava um giz que rangia ao escrever. Isso, claro, Alice *não conseguia* suportar, e ela deu a volta no tribunal, e chegou por trás, e logo encontrou uma oportunidade de tirar o giz dele. Ela agiu tão rápido que nem deu para o coitadinho do jurado (era Bill, o Lagarto) entender onde o giz tinha ido parar; então, depois de procurar por todo lado, ele se viu obrigado a escrever com o dedo o dia todo; e isso não tinha grande serventia, já que o dedo não deixava marcas na lousa.

— Arauto, leia a acusação! — disse o Rei.

Com isso o Coelho Branco soprou três notas no trompete, e então desenrolou o pergaminho e leu o seguinte:

Rainha faz umas tortinhas,
Num dia de verão:
Valete rouba essas tortinhas,
E não devolve não!

— Considerem seu veredito — o Rei disse ao júri.

— Ainda não, ainda não! — o Coelho interrompeu apressado. — Tem muita coisa antes dessa parte!

— Chamem a primeira testemunha — disse o Rei; e o Coelho Branco soprou três notas no trompete e exclamou:

— Primeira testemunha!

A primeira testemunha era o Chapeleiro. Ele entrou com uma xícara de chá numa das mãos e um pedaço de pão com manteiga na outra.

— Mil perdões, Majestade — começou —, por vir assim, mas eu não tinha terminado o meu chá quando fui convocado.

— Devia ter terminado — disse o Rei. — Quando foi que você começou?

O Chapeleiro olhou para a Lebre de Março, que tinha vindo com ele para o tribunal, de braço dado com o Hamster.

— Catorze de março, *acho* eu — ele disse.
— Quinze — disse a Lebre de Março.
— Dezesseis — acrescentou o Hamster.
— Anotem — o Rei disse ao júri, que prontamente anotou todas as três datas nas lousas, e depois fez a soma dos números, e reduziu a resposta a um valor em dinheiro.
— Tire o seu chapéu — o Rei disse ao Chapeleiro.
— O chapéu não é meu — disse o Chapeleiro.
— *Roubo!* — exclamou o Rei, olhando para o júri, que imediatamente registrou esse fato.
— Eu guardo os chapéus pra vender depois — o Chapeleiro acrescentou como explicação. — Nenhum é meu. Eu sou chapeleiro.

Aqui a Rainha pôs os óculos e cravou os olhos no Chapeleiro, que ficou pálido e inquieto.
— Preste o seu testemunho — disse o Rei. — E não fique nervoso, senão eu te condeno à execução agorinha mesmo.

Isso não pareceu de grande ajuda para a testemunha: ele ficava se mexendo sem sair do lugar, olhando incomodado para a Rainha, e em sua confusão arrancou uma grande mordida da borda da xícara em vez de morder o pão com manteiga.

Bem nesse momento Alice sentiu uma coisa curiosa, que a deixou bem intrigada até ela entender o que era: estava começando a crescer de novo, e primeiro achou que era melhor levantar e sair do tribunal; mas, pensando melhor, decidiu ficar bem onde estava enquanto coubesse ali.

— Será que você podia não se espalhar assim — disse o Hamster, que estava sentado ao lado dela. — Eu mal consigo respirar.

— Eu não posso fazer nada — disse Alice suavemente —, estou crescendo.

— Você não tem direito de crescer *aqui* — disse o Hamster.

— Não diga bobagem — disse Alice, com mais firmeza —, você sabe que também está crescendo.

— Claro, mas *eu* cresço numa velocidade razoável — disse o Hamster —, não desse seu jeito ridículo. — E ele levantou emburrado e foi para o outro lado do tribunal.

Durante esse tempo todo a Rainha continuava encarando o Chapeleiro, e justo quando o Hamster estava atravessando o tribunal, ela disse a um dos meirinhos:

— Traga a lista dos cantores do meu último concerto! — O que fez o miserável Chapeleiro tremer de uma tal maneira que seus sapatos voaram longe.

— Preste o seu testemunho — o Rei repetiu, furioso —, ou eu mando te executarem, nervoso ou não.

— Eu sou pobre, Majestade — o Chapeleiro começou com voz trêmula —... e não tinha começado o meu chá... não fazia mais de uma semana... e como as fatias de pão iam ficando cada vez mais finas... e o chá ia brilhando...

— *Como* você descreveria essa bagunça? — disse o Rei.

— Eu sempre começo com chá — o Chapeleiro replicou.

— Claro que Chapeleiro começa com Cha! — disse o Rei de modo cortante. — Você acha que eu sou um asno? Anda!

— Eu sou pobre — o Chapeleiro prosseguiu —, e quase tudo começou a brilhar depois disso... só que a Lebre de Março disse...

— Eu não! — a Lebre de Março interrompeu rapidinho.

— Disse sim! — insistiu o Chapeleiro.

— Eu nego — disse a Lebre de Março.

— Ele nega — disse o Rei —, excluam essa parte.

— Bom, de um jeito ou de outro, o Hamster disse...
— o Chapeleiro continuou, olhando ansioso em torno para ver se ele ia negar também: mas o Hamster não negou patavina, pois estava dormindo pesado.

— Depois disso — continuou o Chapeleiro —, eu cortei mais pão com manteiga...

— Mas o que foi que o Hamster disse? — perguntou um dos membros do júri.

— Isso eu não lembro — disse o Chapeleiro.

— Você *tem* que lembrar — declarou o Rei —, ou eu mando executarem você.

O torturado Chapeleiro derrubou xícara e pão com manteiga, e pôs um joelho no chão.

— Eu sou pobre, Majestade — começou.

— Você é *pobre* é de *palavras* — disse o Rei.

Aqui, um dos porquinhos-da-índia comemorou, e foi imediatamente subjugado pelos meirinhos. (Como essa palavra é complicadinha, eu vou te explicar como é que eles faziam. Eles tinham um grande saco de lona, que se fechava com um cordão: foi ali que meteram o porquinho-da-índia, de pernas pro ar, e depois sentaram em cima dele.)

"Que bom que eu vi isso", pensou Alice. "Já li tantas vezes no jornal que no fim de um julgamento 'houve tentativas de aplauso, mas os manifestantes foram imediatamente subjugados pelos meirinhos', e nunca tinha entendido o que isso queria dizer."

— Se você só sabe isso, pode se recolher — continuou o Rei.

— Eu não posso me encolher — disse o Chapeleiro. — Eu sou desse tamanho mesmo.

— Então pode *sentar* — o Rei replicou.

Aqui outro porquinho-da-índia comemorou e foi subjugado.

"Ora, agora acabaram os porquinhos-da-índia!", pensou Alice. "Daqui pra frente vai ser mais tranquilo."

— Eu prefiro terminar o meu chá — disse o Chapeleiro, olhando angustiado para a Rainha, que lia a lista dos cantores.

— Pode ir — disse o Rei, e o Chapeleiro saiu apressado do tribunal, sem nem parar para calçar de novo os sapatos.

—... e podem ir cortando a cabecinha dele ali fora mesmo — a Rainha acrescentou para um dos meirinhos; mas o Chapeleiro tinha desaparecido antes que o meirinho chegasse à porta.

— Chamem a próxima testemunha! — disse o Rei.

A testemunha seguinte era a cozinheira da Duquesa. Ela veio com o pimenteiro na mão, e Alice adivinhou quem era antes de ela pisar no tribunal, porque as pessoas mais perto da porta começaram, todas, a espirrar ao mesmo tempo.

— A senhora preste o seu testemunho — disse o Rei.

— Eu não presto — disse a cozinheira.

O Rei olhou angustiado para o Coelho Branco, que disse baixinho:

— *Esta* testemunha, Vossa Majestade vai ter que interrogar.

— Bom, se tem que ser assim — disse o Rei com um ar melancólico, e depois de cruzar os braços e olhar para a cozinheira com uma cara tão fechada que quase fez seus olhos desaparecerem, ele disse com uma voz baixa: — Qual é o ingrediente principal de uma tortinha?

— Quase só pimenta — disse a cozinheira.

— Melaço — disse uma voz sonolenta atrás dela.

— Ponham aquele Hamster na coleira! — a Rainha guinchou. — Decapitem o Hamster! Expulsem aquele

Hamster do tribunal! Subjuguem! Belisquem! Cortem-
-lhe os bigodes!

Por alguns minutos o tribunal virou uma grande confusão, até expulsarem o Hamster, e quando estava tudo em ordem novamente, a cozinheira já tinha sumido.

— Não faz mal! — disse o Rei, com ar muito aliviado. — Chamem a próxima testemunha. — E acrescentou baixinho para a Rainha: — Sério, querida, *você* é que precisa interrogar a próxima testemunha. Eu fico com dor na testa!

Alice viu o Coelho Branco se atrapalhar com a lista, muito curiosa para saber como seria a testemunha seguinte, "... porque *por enquanto* eles não juntaram muitas provas", ela se disse. Imagine como ficou surpresa quando o Coelho Branco leu, com toda a força de sua voz esganiçada, o nome "Alice"!

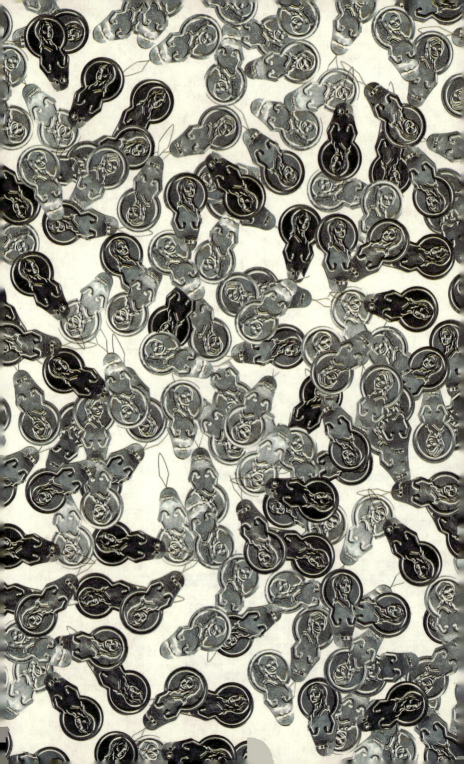

Capítulo XII

O testemunho de Alice

— Presente! — gritou Alice, sem nem lembrar, no calor do momento, o quanto tinha crescido nos últimos minutos, e levantou tão apressada que derrubou a bancada do júri com a barra da saia, jogando todos os jurados na cabeça das pessoas que estavam lá embaixo, e eles ficaram estatelados no chão, fazendo ela se lembrar de um aquário de peixinhos-dourados que tinha virado sem querer uma semana antes.

— Ah, *mil* perdões! — ela exclamou num tom de grande desconsolo, e começou a pegar os jurados com toda a rapidez, pois continuava pensando no acidente com os peixinhos, e tinha uma vaga ideia de que eles precisavam ser apanhados imediatamente e recolocados na bancada, senão morreriam.

— O julgamento só pode prosseguir — disse o Rei com uma voz muito séria — quando todos os jurados estiverem de volta em seus lugares; *todos* — repetiu, muito enfaticamente, olhando sério para Alice.

★ ★ ★ ★ ★ Lewis Carroll ★ ★ ★ ★ ★

Alice olhou para a bancada do júri e viu que, em sua pressa, tinha colocado o Lagarto de cabeça pra baixo, e o coitadinho estava sacudindo o rabo de um jeito tristonho, sem nem conseguir se mexer. Ela logo o tirou dali e o virou.

— Não que isso ajude muito — ela falou consigo mesma. — Eu diria que ele deve valer a *mesma* coisa pro julgamento, virado de um jeito ou de outro.

Assim que o júri estava mais refeito do susto daquele tombo, e quando suas lousas e seus pedacinhos de giz tinham sido encontrados e devolvidos a eles, todos começaram muito concentrados a escrever uma história do acidente, todos menos o Lagarto, que parecia transtornado demais e capaz apenas de ficar ali sentado de boca aberta, olhando para o teto do tribunal.

— O que é que você sabe dessa história? — o Rei disse a Alice.

— Nada — respondeu Alice.

— Nada *mesmo*? — persistiu o Rei.

— Nada mesmo — disse Alice.

— Isso é muito importante — o Rei disse, olhando para o júri.

Eles já iam começando a escrever essas palavras nas lousas, quando o Coelho Branco interrompeu:

— *Des*importante, Vossa Majestade quer dizer, é claro — ele disse, num tom bem respeitoso, mas fazendo caretas muito sérias enquanto falava.

— *Des*importante, é claro, foi o que eu quis dizer — o Rei repetiu, correndo, e continuou falando sozinho em voz baixa: — importante... desimportante... importante... desimportante... — como se estivesse testando para ver qual palavra era mais bonita.

Alguns membros do júri anotaram IMPORTANTE, e outros, DESIMPORTANTE. Alice pôde ver, pois estava tão perto deles que enxergava suas lousas. "Não que isso faça a menor diferença", ela pensou.

Nesse momento o Rei, que havia algum tempo estava ocupado escrevendo em seu caderno, cacarejou:

— Silêncio! — E leu do seu livrinho: — "Regra quarenta e dois. *Todas as pessoas de mais de um quilômetro de altura devem deixar o tribunal.*"

Todos os olhos se voltaram para Alice.

— *Eu* é que não tenho um quilômetro de altura — disse Alice.

— Tem sim — disse o Rei.

— Quase dois — acrescentou a Rainha.

— Bom, mas eu não vou sair — disse Alice —, além do mais, isso não é uma regra regular: você acabou de inventar.

— É a regra mais antiga do livro — disse o Rei.

— Então devia ser a regra número um — disse Alice.

O Rei ficou pálido e fechou apressado o caderno.

— Considerem seu veredito — ele disse ao júri, numa voz baixa e trêmula.

— Ainda não analisamos todas as provas, Vossa Majestade — disse o Coelho Branco, levantando num salto apressado. — Esse papelzinho acaba de ser catado do chão.

— E ele diz o quê? — disse a Rainha.

— Ainda não abri — disse o Coelho Branco —, mas parece uma carta, do prisioneiro, pra... pra alguém.

— Deve ser mesmo — disse o Rei —, a não ser que ele tivesse escrito pra ninguém, o que não é normal, sabe.

— Quem é o destinatário? — disse um dos jurados.

— Não tem destinatário — disse o Coelho Branco. — Na verdade, não tem nada escrito na parte de *fora*. — Enquanto falava, ele ia desdobrando a folha, e acrescentou: — Olha que no fim das contas nem é uma carta: são uns versinhos.

— E é a letra do prisioneiro? — perguntou outro membro do júri.

— Não, não é não — disse o Coelho Branco —, e isso é que é o mais esquisito. — (Todos os membros do júri ficaram intrigados.)

— Ele deve ter imitado a letra de outra pessoa — disse o Rei. (Os membros do júri ficaram todos animados novamente.)

— Por favor, Vossa Majestade — disse o Valete —, eu não escrevi esses versos, e eles não podem provar que escrevi: não tem assinatura.

— Se você não assinou — disse o Rei —, a coisa só fica pior. Você *deve* ter feito com más intenções, caso contrário teria assinado, como um cidadão honesto.

Isso provocou aplausos generalizados: era a primeira coisa inteligente que o Rei tinha dito naquele dia.

— Isso *prova* que ele é culpado — disse a Rainha.

— Prova nada! — disse Alice. — Ora, vocês nem sabem o que os versinhos dizem!

— Leia — disse o Rei.

O Coelho Branco pôs os óculos.

— Por onde eu devo começar, Vossa Majestade? — ele perguntou.

— Comece pelo começo — o Rei disse com seriedade —, e vá lendo até chegar no fim; aí você pode parar.

Os versos que o Coelho Branco leu eram os seguintes:

Eles disseram que tu foste vê-la,
E eu fui a ele mencionado;
Ela me conferiu mais uma estrela,
No entanto disse que eu não nado.

Ele informou a eles que eu não fui
(Sabemos nós que foi assim);
Se isso a cisma dela não conclui,
Qual poderá ser o teu fim?

Dei um a ela, a ele deram dois
E tu nos deste três ou mais;
Voltaram todos dele a ti depois,
Embora fossem meus demais.

Se ela ou eu nos virmos, de verdade,
Metidos nessa história atroz,
Ele acha que os porás na liberdade,
Que já tivemos antes nós.

Você teria sido, disse eu
(Quando ela teve o faniquito),
Alguma coisa que se intrometeu
Entre ele, nós e o que foi dito.

Não saiba ele que ela os preferiu,
Já que isso sempre há de restar
Como um segredo que não se intuiu;
Só eu e tu vamos guardar.

— Essa é a prova mais contundente que já foi apresentada — disse o Rei, esfregando as mãozinhas. — Então deixemos o júri...

— Se algum daqueles ali souber explicar o poema — disse Alice (tinha crescido tanto nos últimos minutos, que não sentia nem um pouco de medo de interromper) —, ganha seis tostões. *Eu* não acredito que a carta faça um átomo de sentido.

Todos os membros do júri escreveram em suas lousas: ELA NÃO ACREDITA QUE A CARTA FAÇA UM ÁTOMO DE SENTIDO, mas nenhum deles tentou explicar o papel.

— Se não tem sentido — disse o Rei —, a coisa toda fica bem mais simples, sabe, já que a gente não precisa nem tentar entender. E apesar de tudo, não sei não — ele continuou, abrindo a folha no colo e olhando para ela com um olho só —; acho que eu até consigo encontrar algum sentido. "... *disse que eu não nado...*" você não sabe nadar, não é mesmo? — acrescentou, olhando para o Valete.

O Valete sacudiu a cabeça com tristeza.

— E eu tenho cara de quem sabe? — ele disse. (E certamente *não tinha*, já que era todo feito de papelão.)

— Até aqui tudo bem — disse o Rei, e continuou murmurando os versinhos: — "*Sabemos nós que foi assim...*" esses são os membros do júri, é claro... "*Dei um a ela, a ele deram dois...*" ora, deve ser o que ele fez com os docinhos, sabe...

— Mas na sequência ele diz "*Voltaram todos dele a ti depois*" — disse Alice.

— Ora, olha eles ali! — disse o Rei, triunfante, apontando para as tortinhas na mesa. — Não tem como *isso* ser mais claro. E aí, "*Quando ela teve o faniquito*", você nunca teve faniquitos, acho eu — ele disse à Rainha.

— Jamais! — disse a Rainha, enfurecida, arremessando, com essa palavra, um tinteiro no Lagarto. (O infeliz do Bill tinha parado de escrever com um dedo na lousa ao perceber que isso não deixava marcas; mas agora voltou correndo a fazê-lo, usando a tinta, que lhe escorria do rosto, enquanto durou.)

— Assim se *revela* que *você* não é *ela* — disse o Rei, olhando para todos com um sorriso. Houve um silêncio mortal.

— Mas é que rimou! — o Rei acrescentou, ofendido, e todos aplaudiram. — Que os membros do júri considerem então seu veredito — o Rei falou pelo que era mais ou menos a vigésima vez naquele dia.

— Não, não! — disse a Rainha. — Sentença primeiro, veredito depois.

— Mas que bobagem! — disse Alice bem alto. — Onde já se viu dar a sentença antes!

— Nem comece! — disse a Rainha, ficando roxa.

— Começo! — disse Alice.

— Cortem-lhe a cabeça! — a Rainha berrou o mais alto que pôde. Ninguém se mexeu.

— Quem é que dá bola pra vocês? — disse Alice (a essa altura, ela já estava com seu tamanho normal). — Vocês são só as cartas de um baralho!

Com essas palavras o baralho todo decolou e veio direto pra cima dela; ela soltou um gritinho, meio com medo, meio com raiva, tentando espantar as cartas, e se viu estendida na ribanceira, com a cabeça no colo da irmã, que delicadamente espanava do seu rosto umas folhas mortas que tinham caído da árvore.

— Acorda, Alice! Acorda, querida! — disse a irmã. — Nossa, como você dormiu comprido!

— Ah, eu tive um sonho tão curioso! — disse Alice, e contou à irmã, até onde pôde lembrar, todas essas estranhas aventuras que você estava lendo; e quando acabou, sua irmã lhe deu um beijo e disse:

— Foi *mesmo* um sonho curioso, querida, pode apostar; mas agora corra que já está passando da hora do chá. — Então Alice levantou e saiu em disparada, pensando enquanto corria, e com razão, que tinha sido um sonho maravilhoso.

* * *

Mas sua irmã ainda ficou ali sentada, com a cabeça apoiada na mão, vendo o pôr do sol e pensando na pequena Alice e suas maravilhosas aventuras, até que também ela começou, de certa forma, a sonhar, e foi este o seu sonho:

Primeiro, sonhou com a pequena Alice, e de novo suas mãozinhas estavam no seu joelho, e os olhos grandes e brilhantes miravam os seus — podia ouvir cada contorno da voz da irmã e ver aquele gesto esquisito de empinar o nariz para tirar o cabelo descontrolado que *sempre* lhe entrava nos olhos — e ainda enquanto ouvia, ou parecia ouvir, toda a paisagem à sua volta foi ganhando vida, cheia das estranhas criaturas do sonho da irmãzinha.

A grama alta farfalhava a seus pés com a passagem do Coelho Branco... o Camundongo assustado passou espirrando água numa poça logo ao lado... ela ouvia o tilintar das xícaras de chá enquanto a Lebre de Março e seus amigos faziam sua infindável refeição, e a voz esganiçada da Rainha condenando os infelizes convidados à execução sumária... outra vez o bebê-porquinho espirrava no colo da Duquesa, enquanto pratos e travessas se estraçalhavam à sua volta... outra vez o grito do Grifo, o rangido do giz do Lagarto, e os gritos abafados dos porquinhos-da-índia subjugados enchiam o ar, misturados aos distantes soluços da Tartaruga Combatata.

Então ela se deixou ficar, de olhos fechados, e quase acreditou estar no País das Maravilhas, embora soubesse que bastava abri-los novamente para que tudo voltasse a ser a insossa realidade... a grama estaria apenas farfalhando ao vento e o lago tremulando com o balanço dos juncos... o tilintar das xícaras passaria a ser o badalo dos cincerros das ovelhas, e os gritos esganiçados da Rainha, a voz do menino pastor... e o espirro do bebê, o grito do Grifo e todos os outros ruídos estranhos seriam (ela sabia) o confuso estrépito de uma fazenda movimentada... enquanto o mugido do gado distante ocuparia o lugar dos pesados soluços da Tartaruga Combatata.

Por fim, ficou pensando que aquela sua irmãzinha seria um dia, no futuro, uma mulher adulta, e que não iria perder, nos anos de sua maturidade, aquele coração simples e amoroso de criança, e que reuniria outras criancinhas à sua volta e deixaria *seus* olhinhos acesos e curiosos com muitas histórias estranhas, quem sabe até com o sonho antigo do País das Maravilhas, e que se deixaria tocar pelos seus problemas simples, e encontraria prazer em suas simples alegrias, lembrando sua própria vida de criança e os dias felizes de verão.

FIM

As aventuras da ilustradora através do processo

por

Giovanna Cianelli

Venho sonhando com Alice há mais de um ano.

Sonho desde quando recebi um convite, vindo de uma distante cidadezinha, todo pomposo com letras doiradas em papel texturizado. Um pouco de tinta vermelha escorria por uma das laterais, mas não liguei. Eu, boba que sou, fiquei morrendo de medo de não ser a pessoa certa para essa missão.

Mas respirei fundo e respondi que, sim, embarcaria para o País das Maravilhas e, logo em seguida, passaria por através do espelho. O combinado: registrar tudo que encontrasse por lá, de acordo com o meu olhar.

Eu me preparei: li os livros nesta tradução genial do Caetano Galindo, reassisti filmes, procurei adaptações obscuras e tal qual uma velocista prestes a iniciar uma prova, me posicionei para a largada. Mas, quando olhei para baixo, parecia não ter pernas. Tinha esquecido como desenhar, esquecido as coisas de que eu gosto, as cores que uso. Tudo parecia congelado por uma poção petrificante. A coragem que achei que tinha não conseguiu romper o medo, não durante um tempo. Me restou caminhar sem destino e ver o que encontrava.

Essas questões me assombravam até mesmo no que havia de mais básico — como eu definiria um rosto para a minha Alice? Como eu poderia achar uma Alice que fosse minha?

Durante a jornada, me senti diminuída, **aumentada**, pescoçuda, tive vontade de chorar. Em certo momento tive certeza de que sabia de tudo e, logo depois, de nada. Como eu poderia contar tudo aquilo que via? Não fazia sentido criar ilustrações lineares, quadros sequenciais ou até mesmo desenhos descritivos — nada disso faria jus ao sentimento que aquela história me passava. Mas então o que faria?

Foi então que posterguei. Eu me escondia da Alice, me escondia do Coelho, mas eles me perseguiam. O gato sorria pra mim na lua e me via, paralisada em meio a coisas tão doces e malucas. A Alice parece tão legal, com amigos tão diferentões, e eu sou apenas uma menina que gosta de desenhar, sabe?

Abri meu baú de memórias, de referências, e tentei transformar tudo isso num mundo de Alice. Eu não desenharia a Alice no mundo dela, mas traria ela para encantar o meu.

Fui procurá-la então nas papelarias, nos sebos, nos arquivos digitais. Decidi transformar o real pelo prisma fantástico.

Encontrei dentro de mim os ecos de artistas e referências que amo, como Gal Costa, Mary Blair, Philip Kaza, Claudio Tozzi, Jack Kirby, Roman Cieślewicz, Waldemar Swierzy, Bráulio Amado, Jamie Reid, que, canalizados, potencializados e limitados por mim, me ajudaram a ver o País das Minhas Maravilhas.

O rosto da Alice afinal saiu, e ele nunca era o mesmo. E o rosto de quem, afinal, permanece igual? Achei divertida, então, a ideia de representar muitas versões dessa menina. Usei colagens de revistas antigas, giz de cera, lápis, computador, passador de linha, adesivo, lantejoula e miçanga. Usei também algumas crises de ansiedade, mas essas não ajudaram tanto.

Consegui, afinal, pegar emprestado um pouco daquela liberdade, e o resultado é este livro que você tem em mãos. Um sonho realizado, feito com muito carinho.

Este é o maior conjunto de ilustrações que já fiz, e contei com a ajuda dos meus amigos (entre eles os editores deste projeto) e do meu filho Antônio Lameira (obrigada pelas letras). No fim, eu também me vi cercada de amigos legais e diferentões. Saibam que o apoio de vocês foi essencial e me ajudou a amadurecer como artista.

Não queria nem me despedir, porque sei que vou continuar encontrando a Alice por aí.

Parece até que se eu apertar os olhos, já consigo enxergar outros espelhos para atravessar.

GIOVANNA CIANELLI é designer e ilustradora; psicodelia e cultura pop são temas recorrentes em seu trabalho. Já colaborou com clientes como *The New York Times*, Apple, Instagram, Netflix, Vans, Globo, Anitta, Duda Beat, IZA, Marina Sena, Ludmilla, entre outros. Foi premiada no Latin American Design Awards nos anos 2019, 2020 e 2021. Duas vezes ganhadora do prêmio Jabuti, em 2020 na categoria Projeto Editorial com *O médico e o monstro* e em 2021 na categoria Capa com *1984*, ambos lançados por esta editora. Duas vezes ganhadora do Prêmio Multishow na categoria Capa do Ano. É uma das cidadãs mais antigas de Antofágica, inclusive presente na sua fundação.

E pra que é que serve um livro sem figuras ou conversas? A ilustração como tradução

por

Elisa Gergull

As aventuras de Alice no País das Maravilhas e sua sequência, *Através do espelho e o que Alice viu por lá*, foram, desde sua publicação, um sucesso entre leitores e crítica.

Apesar de não serem as únicas publicações de seu autor Charles Lutwidge Dodgson, mais conhecido pelo pseudônimo Lewis Carroll, elas certamente são as mais conhecidas. Grande parte de seus escritos não se destinavam a crianças e tratavam principalmente de matemática e lógica, mas ele chegou a publicar alguns poemas humorísticos, com destaque para "The Hunting of the Snark".

Existem diversos grupos e fundações que se dedicam a estudar a obra de Lewis Carroll no mundo todo. *As aventuras de Alice no País das Maravilhas* tem as mais diversas interpretações e é estudado por literatos, psicólogos, cientistas políticos, físicos, filósofos, matemáticos, entre outros.

Essas diversas análises funcionam como uma evidência do encanto da obra: a possibilidade de ser analisada por diversos vieses e autores, desde sua contribuição para a literatura até sua persistência no imaginário popular. Ler

Alice sempre nos permite entrever novos elementos, o que torna cada leitura uma experiência única — quase como se sua narrativa se transformasse a cada vez, tal como a personagem, em um novo livro, uma nova história.

A história de Alice e sua visita ao País das Maravilhas foi contada pela primeira vez em 4 de julho de 1862, durante um passeio de barco. Lewis Carroll entretinha com essa história as três irmãs Liddell, sendo uma delas Alice, a inspiração para a protagonista. As crianças eram filhas de Henry George Liddell, na época reitor de Christ Church, Oxford, onde Dodgson lecionava matemática.

O autor tinha o costume de divertir seus amigos com histórias, muitas das quais ficaram somente na memória de seus ouvintes. *Alice* poderia ter sido só mais uma delas não fosse pela jovem Liddell, que fez questão de pedir que Carroll a registrasse. O resultado ficou pronto em 1864, ilustrado pelo próprio autor e intitulado *Aventuras de Alice no subterrâneo* (Alice's Adventures Under Ground).

A narrativa como conhecemos hoje foi publicada em 1865, depois da insistência de amigos de Carroll, mas com algumas alterações, principalmente retirando piadas e referências que só seriam entendidas pelos participantes do passeio daquele dia.

No entanto, ainda é possível encontrar algumas delas, como o episódio no lago de lágrimas, que retoma outro passeio, no qual o grupo formado pelas irmãs Lorina, Alice e Edith Liddell, Carroll e o reverendo Duckworth, uma figura que muitas vezes participava das saídas com as crianças, foi surpreendido por um aguaceiro e ficou encharcado. Os animais reunidos ao redor do lago também são referências a eles, sendo que o Dodô é Dodgson, não só pelo nome, mas porque a gagueira de Carroll o fazia pronunciar seu nome "Dodo-Dodgson", o pato ("Duck") é

Duckworth, o Louro ("Lory") é Lorina e o filhote de Águia ("Eaglet") é Edith. As irmãs também são referenciadas no capítulo do chá enlouquecido, aparecendo na história do Hamster como Elsie (de Lorina Charlotte, ou L.C., que em inglês tem pronúncia idêntica ao nome), Lacie (um anagrama para Alice) e Tillie (apelido de Edith).

A cena do chá, inclusive, foi uma das adições feitas por Carroll ao publicar sua história para o público geral. Ele também acrescentou o encontro com o gato de Cheshire e desenvolveu as personagens da Rainha de Copas e da Duquesa a partir do que antes era uma só personagem, a Marquesa.

Com essas e outras mudanças e com o novo título de *As aventuras de Alice no País das Maravilhas*, Carroll escolheu uma editora, a já ilustre Macmillan, e arcou ele mesmo com os custos de impressão e distribuição, retendo porém a liberdade de decidir sobre a aparência final dos livros.

Lewis Carroll gostava de desenhar e, como mencionado, chegou a ilustrar a história ele mesmo. No entanto, para a segunda edição, contratou um ilustrador, o então famoso cartunista político da revista *Punch*, John Tenniel, que tinha o estilo exato procurado por ele, tendo grande talento para retratar animais e cenas fantásticas.

Carroll era um perfeccionista e, como havia considerado as próprias ilustrações muito ruins, o processo de criação com Tenniel foi marcado por intensos direcionamentos artísticos. O escritor escolhia as passagens que achava mais interessantes para serem ilustradas e os desenhos foram feitos de forma a não meramente repetir o texto, mas enfatizar detalhes, chamando a atenção do leitor para determinados elementos e fazendo com que a leitura do texto com as imagens fosse complementar.

É possível que seus desenhos para o manuscrito tenham influenciado o resultado dessas novas ilustrações, porém Carroll também respeitava a palavra final de Tenniel quando surgia alguma divergência. Um reflexo disso foi o acontecido com a primeira tiragem de *Alice*, inteiramente recolhida, destruída e reimpressa, pois o resultado da impressão não agradara Tenniel. Antes que a nova tiragem viesse a público, Carroll aguardou que o ilustrador desse seu aval. As 42 ilustrações criadas por John Tenniel para o livro causaram um impacto tão forte que continuam sendo publicadas até hoje, mais de 150 anos após sua primeira impressão.

Mais tarde, *Alice* foi ilustrado por uma infinidade de artistas, variando em estilo, técnica e interpretação, o que forneceu múltiplas leituras da obra. Dentre eles estão nomes como Salvador Dalí, Max Ernst e Zelda Fitzgerald. É dito, inclusive, que *As aventuras de Alice no País das Maravilhas* foi ilustrado por mais artistas do que qualquer outro livro infantil, talvez mais do que qualquer outro trabalho ficcional.

Muitas vezes o senso comum relega um papel secundário ou mesmo dispensável à ilustração. Seja porque a julga como uma espécie de "muleta", algo que apenas facilitaria o trabalho de decifrar o texto, seja por considerá-la decorativa ou mesmo um mero "chamariz" de leitores, que se deixariam enganar por seu apelo estético. A supervalorização do texto em detrimento da imagem faz com que muitas vezes desconsideremos todas as informações que podemos extrair da ilustração. Por serem linguagens diferentes, o texto e a imagem possuem características próprias que influenciam a leitura. Quando comparada à língua, a imagem pode ter vários sentidos e se mostra mais dependente do contexto em que está inserida, porém não podemos esquecer que não só existem mensagens abertas na linguagem verbal, e aqui podemos citar a poesia como exemplo, como toda mensagem precisa de um contexto para se fazer entender.

Além disso, a leitura do livro ilustrado exige que o leitor aprecie o objeto livro como um todo, considerando não somente o texto verbal e as imagens contidos em uma página, mas o conjunto de páginas como um todo (incluindo o material, o formato do livro, suas orelhas e folhas de guarda) e os chamados paratextos (os textos e as estruturas que acompanham o texto "principal", como o prólogo e os frontispícios).

Um exemplo do uso da materialidade do livro para enriquecer a narrativa pode ser encontrado na forma como *Através do espelho* foi originalmente impresso, pois as ilustrações de Alice entrando e emergindo do espelho foram colocadas em páginas consecutivas, fazendo como que sua entrada no mundo da fantasia pareça estar acontecendo por meio do livro em si.

Mas talvez o aspecto mais interessante das ilustrações seja o modo como elas traduzem uma linguagem para outra, fazendo um movimento semelhante ao da crítica: analisando a obra, desmontando-a e devolvendo-a em uma nova roupagem.

O artista faz uma leitura atenta do material que o autor provê, para então elaborar o resultado em forma visual, se utilizando dos seus conhecimentos artísticos, técnicos, de materiais e da linguagem utilizada, o que por vezes restringe e por outras abre novas possibilidades ao texto. O ilustrador pode fazer referências à obra de outros artistas, a pessoas existentes, a imagens simbólicas, assim como fazer o uso da cor, da textura, da composição e de diversos outros elementos para comunicar o que quer.

Tenniel e Carroll usaram vários recursos para enriquecer a relação entre texto e imagem nos livros de Alice. Os leitores de hoje, por exemplo, talvez estranhem a ilustração original da Tartaruga Combatata, pois ela mostra um bezerro com casco de tartaruga. Uma criança contemporânea à publicação, porém, reconheceria a brincadeira, pois o nome original da personagem, Mock Turtle (algo como "tartaruga falsa" ou "de mentira"), faz referência a uma sopa que existia na época, a sopa de tartaruga falsa, que imitava a sopa de tartaruga verde, mas que geralmente levava vitela.

É possível também encontrar várias referências nas ilustrações originais de ambos os livros. Tudo indica que a Duquesa em *País das Maravilhas* tenha sido baseada em *A duquesa feia* (c. 1513), do pintor flamengo Quentin Matsys, e a ilustração de Alice em um vagão de trem, no capítulo 3 de *Através do espelho*, parece ter como referência a obra *Meu primeiro sermão* (1863), de John Everett Millais.

O Chapeleiro pode ter sido desenhado de modo a se parecer com um comerciante de móveis chamado Theophilus Carter, pois ele tinha ideias excêntricas e era conhecido como Chapeleiro Louco na região de Oxford. Também se especula se o Leão e o Unicórnio, de *Através do espelho*, não são caricaturas de dois primeiros-ministros britânicos — William Gladstone e Benjamin Disraeli, respectivamente.

Até mesmo John Tenniel e Lewis Carroll podem ter servido de modelo para as ilustrações, com estudiosos apontando que o Cavaleiro Branco, de *Através do espelho*, pode ter sido uma paródia do autor ou mesmo ter sido baseado no próprio Tenniel, que também tinha feições angulosas e usava um longo bigode.

Curiosamente, apesar de a Alice ficcional ser baseada em Alice Liddell, as ilustrações de Tenniel não se parecem com ela, que tinha cabelos escuros, lisos e curtos. Na verdade, Carroll sugeriu que uma outra amiga sua, Mary Hilton Badcock, fosse usada como modelo e até chegou a enviar uma fotografia ao ilustrador.

Referências externas também aparecem no trabalho de outros artistas que ilustraram estes livros. Uma das ilustrações de Dalí, por exemplo, faz referência a seu quadro *A persistência da memória* (1931), contando com um relógio derretido servindo como mesa de chá do Chapeleiro, e a menina pulando corda presente em suas ilustrações é uma citação de seu quadro *Paisagem com uma menina pulando corda*, de 1936.

Por meio desse processo de tradução, o ilustrador nos mostra a narrativa através de seus olhos, enriquecendo nossa visão sobre ela. É também através dessa interpretação que fazemos a leitura do livro ilustrado como um todo, moldando a forma como pensamos o texto escrito.

A ilustração se mostra muito interessante em textos clássicos pois fornece uma atualização da história para o mundo de hoje. O trabalho do ilustrador em livros desse tipo se baseia em um compromisso entre seu estilo pessoal e a visão, o imaginário e as referências da obra original, o que inclui as ilustrações anteriores e as expectativas atreladas a uma obra já muito conhecida e consagrada.

Em consequência disso, ler uma nova edição de *Alice* é uma experiência diferente conforme a tradução, e aqui me refiro não só ao texto, mas também à imagem. As ilustrações permitem que o leitor receba as interpretações do ilustrador, mas não restringem seu senso crítico. Ao ler uma nova edição, com uma nova tradução, ele também pode discordar do ilustrador, e a presença das imagens pode, inclusive, servir como provocação, impulsionar a crítica, sugerir uma nova visão.

Alice permite e convida a uma gama infinita de leituras diferentes, e cada nova edição adota o seu tom. A leitura de uma edição ilustrada na qual as cores e os personagens são leves, infantis e alegres, por exemplo, é muito diferente da leitura de uma outra com imagens com tom mais agressivo, com personagens que aparentam ser ameaçadores e um cenário opressivo. São dois Países das Maravilhas diferentes, dois dentre muitos possíveis.

Portanto, ler uma nova edição de *Alice* é conhecer Alice mais uma vez.

ELISA GERGULL é designer gráfica e ilustradora, graduada em Comunicação e Multimeios e mestre em Comunicação e Semiótica pela Pontifícia Universidade Católica de São Paulo (PUC-SP).

As metamorfoses de Alice pelo universo da sétima arte

por

Nathália Xavier Thomaz

"E pra que serve um livro sem figuras ou conversas?", pensa Alice, segundos antes de seus olhos encontrarem o Coelho Branco. Além de apresentar a menina questionadora e curiosa que protagonizará a história, essa frase comenta, de forma metalinguística, que tipo de livro o leitor tem em mãos. Trata-se de uma história nascida das *conversas* entre as irmãs Lorina, Edith e Alice Liddell e o amigo da família Charles Dodgson durante um passeio pelo rio Tâmisa, na qual os diálogos carregados de nonsense[1] entre Alice e as criaturas do País das Maravilhas dão origem a um labirinto que encanta e intriga o leitor. As *figuras,* também essenciais em um livro, segundo a

---

[1] O discurso nonsense não se trata apenas de não sentido, como a tradução literal leva a pensar. É uma busca por tornar o significado das palavras mais intuitivo e imaginário. Por meio de jogos de palavras, a lógica a que o leitor está acostumado é desmantelada: as palavras são usadas de formas diferentes do que se espera e criam, ao mesmo tempo, comicidade e uma sensação de desorientação. Ao desobedecer ao gramatical e o pragmático, o nonsense remete ao pensamento infantil e à lógica dos sonhos. Lewis Carroll e Edward Lear são conhecidos expoentes desse tipo de escrita.

Alice-personagem, estão presentes na obra desde seu primeiro registro escrito em 1864, então intitulado *Aventuras de Alice no subterrâneo* e já assinado sob o pseudônimo Lewis Carroll. Concebido como um presente para Alice, o manuscrito conta com ilustrações instigantes feitas pelo próprio autor, que resvalam no grotesco[2] e acrescentam novas camadas à estranheza e ao desconforto do próprio texto. Posteriormente, quando Carroll redigiu a versão que se tornaria um clássico da literatura, publicada em 1865, as figuras permaneceram componentes importantes da narrativa, desta vez feitas por John Tenniel, um renomado cartunista da Revista *Punch*. As figuras e conversas, portanto, são parte da essência desta obra e, desde suas primeiras versões, o livro propõe um universo imagético complexo, com elementos marcantes que construíram morada em nosso inconsciente.

No ensaio *Por que ler os clássicos*[3], Ítalo Calvino explica que ler um clássico sempre nos causa a sensação de que estamos, na verdade, relendo aquele livro. Os temas, as imagens e as palavras que ele nos apresenta já circularam tanto pela sociedade que, quando finalmente entramos em contato com eles na obra, nos soam familiares. Calvino também explica que "os clássicos são aqueles livros que

---

2 A estética do grotesco está relacionada às sensações contraditórias de humor e horror que sentimos diante de uma imagem absurda. Ela se relaciona, em sua origem, à lógica do avesso presente nas comemorações carnavalescas medievais. Seus fundamentos estão na ideia da eterna transformação, em oposição aos conceitos de perfeição e acabamento. As imagens grotescas causam estranhamento, desconforto, mas atraem o olhar e desafiam o observador. As pinturas de Hieronymus Bosch e Giuseppe Arcimboldo são bons exemplos do grotesco nas artes plásticas.

3 CALVINO, Ítalo. *Por que ler os clássicos*. 2 ed. Trad. Nilson Moulin. São Paulo: Companhia das Letras, 1993.

chegam até nós trazendo consigo as marcas das leituras que precederam a nossa e atrás de si os traços que deixaram na cultura ou nas culturas que atravessaram [...]" (1993, p. 11). Desta forma, a cada releitura que um clássico recebe, mais uma camada de significado é acrescentada à obra original e enriquece nosso imaginário.

Essa característica se relaciona diretamente a outro elemento muito importante em *As aventuras de Alice no País das Maravilhas* desde sua concepção: a transformação. Alice — que não é descrita em detalhes pelo narrador e, portanto, pode ter qualquer feição — está em constante mutação ao longo do livro: fica tão grande que não cabe em uma casa, tão pequena que teme sumir como a chama de uma vela e, em certo momento, deseja encolher como um telescópio. Da mesma maneira que as *figuras* e os *diálogos*, o conteúdo também se reflete na forma: não só Alice está em incessante mutação, mas sua história também. Aquilo que começa como uma divertida narrativa para entreter crianças em um passeio pelo Tâmisa, converte-se em um livro manuscrito produzido artesanalmente para presentear a pequena Alice e, mais tarde, torna-se livro publicado, depois de ajustes no texto e da inserção de novos capítulos. A metamorfose faz parte das histórias de Alice e, portanto, faz sentido que a narrativa estabeleça diálogo com outras formas de arte. Entre elas, a relação com o cinema é uma das mais especiais.

A primeira projeção cinematográfica aconteceu em 1895, para uma pequena plateia no Grand Café Paris. Nesta ocasião, os irmãos Lumière apresentaram o cinematógrafo, um aparelho capaz de captar imagens em movimento. Para demonstrar as possibilidades da nova tecnologia, eles exibiram alguns filmes de curta duração, como *A saída da Fábrica Lumière em Lyon* (*La sortie de l'usine Lumière à Lyon*), que registravam cenas do cotidiano. No ano seguinte, Alice Guy-Blaché fez o filme *A fada dos repolhos* (*La fée aux choux*) e experimentou utilizar o cinema para contar uma história e mostrou o potencial da nova mídia como arte narrativa.

O cinema ainda dava seus passos iniciais quando a primeira adaptação de *As aventuras de Alice no País das Maravilhas* aconteceu, em 1903. *Alice no País das Maravilhas* (*Alice in Wonderland*), de Cecil Hepworth e Percy Stow, foi uma das primeiras adaptações de obra literária para o cinema, e inaugurou um diálogo entre Carroll e a sétima arte, que continua sólido até os dias de hoje. O filme é mudo e, portanto, a interpretação se apoia na expressividade corporal dos atores e nos textos explicativos inseridos na tela. Com truques de câmera usados para produzir efeitos especiais, vemos os elementos principais da história de Carroll: a queda pela toca do coelho, a cena em que Alice aumenta e diminui de tamanho, o gato de Cheshire, o chá maluco e a Rainha de Copas. Ainda na era do cinema mudo, foram lançados o curta *As aventuras de Alice no País das Maravilhas* (*Alice's Adventures in Wonderland*), em 1910, com direção de Edwin S. Porter, e o longa-metragem *Alice no País das Maravilhas* (*Alice in Wonderland*), em 1915, dirigido por W. W. Young.

A linguagem cinematográfica se apaixonou por Alice desde os primeiros anos, e as reinvenções dessa história se tornaram uma constante. Acompanhar o percurso dos livros de Carroll nas telonas é também observar a história do cinema: testemunhamos muitas das técnicas cinematográficas e dos desdobramentos tecnológicos que aconteceram ao longo do tempo. Um bom exemplo é o longa dirigido por Bud Pollard e lançado em 1931. Intitulada *Alice no País das Maravilhas* (*Alice in Wonderland*), essa foi a primeira versão sonorizada da história de Alice e, portanto, a primeira vez que os diálogos nonsense criados por Lewis Carroll deixaram de ser apenas imaginados pelos espectadores. Em fase de adaptação à nova tecnologia, esse filme ainda apresenta uma linguagem corporal bastante expressiva dos atores, mas agora aliada a canções e diálogos.

Ao mesmo tempo que essa adaptação era produzida, a Paramount Pictures gravava uma versão de alto orçamento que foi lançada em 1933. *Alice no País das Maravilhas (Alice in Wonderland)* foi dirigida por Norman Z. McLeod e contou com um elenco de estrelas da época, como Charlotte Henry, Cary Grant, Gary Cooper, W. C. Fields e Everett Horton. Assim como muitas outras adaptações fariam ao longo do tempo, esse filme une em uma única narrativa *As aventuras de Alice no País das Maravilhas* e *Através do espelho e o que Alice viu por lá*. Com máscaras e figurinos desenvolvidos por Wally Westmore e Newt Jones, a caracterização dos personagens pode causar estranhamento. Diferente das versões anteriores, que buscavam retratar a faceta mais graciosa e divertida da história, a inexpressividade das máscaras e as escolhas estéticas aproximam essa versão do expressionismo alemão, e exploram o viés do grotesco na narrativa de Carroll, que será retomado em outras produções cinematográficas.

Outra importante versão, de origem francesa, foi lançada em 1949. *Alice no País das Maravilhas (Alice au Pays des Merveilles)* foi dirigida por Dallas Bower e apresenta uma introdução maior, antes de Alice partir de fato para o País das Maravilhas. O próprio Lewis Carroll é retratado nesse início — o vemos envolvido em atividades rotineiras em Oxford e no passeio de barco com as três irmãs Liddell. Cria-se, portanto, um contexto metalinguístico, que retoma

★ ★ ★ ★ ★ ★ **Lewis Carroll** ★ ★ ★ ★ ★ ★

a origem da narrativa e a explora ao longo do filme. Apesar da introdução filmada em *live-action*, tudo muda quando Alice entra na toca do coelho. A menina passa a interagir com marionetes criadas por Lou Bunin e animadas por *stop-motion*. Os dubladores dos personagens da animação são os mesmos atores do começo do filme, criando assim uma conexão entre o mundo dos sonhos e a vida desperta de Alice. Tanto a técnica de animação em *stop-motion* como a ideia de apresentar contrapartes da vida real às criaturas do País das Maravilhas aparecerão em adaptações cinematográficas posteriores. Apesar da elevada qualidade estética, esse filme é lembrado principalmente pela batalha jurídica que enfrentou com a Disney, que tentou impedir seu lançamento no território estadunidense em 1951, mesmo ano em que a empresa lançaria sua adaptação.

A animação da Disney, *Alice no País das Maravilhas* (*Alice in Wonderland*), dirigida por Clyde Geronimi, Wilfred Jackson e Hamilton Luske, é considerada um dos filmes mais clássicos de *Alice*. O diálogo do estúdio com a obra de Carroll, no entanto, começa antes dessa versão. Entre 1923 e 1927, Walt Disney lançou uma série de curtas-metragens, chamada *As Comédias de Alice* (*Alice Comedies*), que misturavam animação 2D e *live-action*. Ainda que não se tratasse de uma adaptação direta do livro de Carroll, os filmes apresentavam elementos relacionados ao livro e estabeleciam uma interlocução com a obra original. No primeiro curta, chamado *Alice's Wonderland*, a pequena Alice, interpretada por Virginia Davis, visita um estúdio de animação e pede aos animadores que façam desenhos para ela. Junto dos desenhistas, a menina assiste aos personagens ganharem vida no papel. Mais tarde, quando vai dormir, os sonhos de Alice a levam de volta para *Cartoonland*, a terra dos desenhos, e a imagem da menina em *live-action* passa a ser inserida no mundo da animação, interagindo com os personagens.

O longa-metragem animado que a Disney lançou em 1951 teve sua produção iniciada em 1938, houve um atraso devido à crise econômica decorrente da Segunda Guerra Mundial e às demandas geradas por outras produções do estúdio, como *Pinóquio, Fantasia* e *Bambi*. O País das Maravilhas dessa adaptação é retratado em uma profusão de cores, e os recursos da animação são bem aproveitados para criar brincadeiras visuais que se relacionam, em muitos aspectos, com a criação de Carroll. Para intensificar o caráter cômico que perpassa o original, o filme utiliza efeitos típicos das animações dos anos 1920 e 1930, como elementos da comédia pastelão, em que o personagem executa ações que despertam risadas instantâneas do público sem necessidade de muita reflexão. Ainda que esse tipo de comédia não alcance o mesmo tom irônico e crítico do nonsense britânico, essa escolha aproxima o universo de Alice dos recursos que o cinema já dominava na época. Em alguns momentos, essa conexão diminui um pouco a complexidade dos jogos de palavras e desconstrói a abundância de sentidos, como quando apresenta o "não sentido" como a ausência completa de significados ou inclui subtextos inexistentes no original que soam moralizantes. No entanto, há momentos de profunda inventividade que combinam perfeitamente com a obra de Carroll, criando traduções visuais que produzem efeitos semelhantes ao texto, materializando as brincadeiras criadas no livro e reproduzindo a ideia de dissociar as palavras de seus sentidos originais para propor novos significados. Os roteiristas criaram, além das piadas puramente visuais, brincadeiras verbo-visuais e verbais, que dialogam diretamente com a obra original. Por essa criatividade, essa animação é, até hoje, muito presente no imaginário popular. Um dos visuais mais icônicos da personagem — a menina loira de vestido azul e avental branco — surgiu dessa adaptação, e perdura até hoje em outras representações de Alice.

O nonsense é, de fato, um grande desafio para a linguagem cinematográfica. Composto, em essência, de jogos verbais de palavra e significado, essa linguagem não tem, a princípio, conexão com a expressão visual que pertence ao cinema. Alguns diretores buscaram explorar esse aspecto ao estabelecer diálogo com vanguardas artísticas como o surrealismo, que tematiza o onírico e busca libertar-se da racionalização. A adaptação *Alice no País das Maravilhas* (*Alice in Wonderland*) produzida pela BBC para a televisão em 1966 é um bom exemplo de inspiração surrealista. Com direção de Jonathan Miller, essa versão, toda em preto e branco, aprofunda a sensação de estranhamento que marca a história de Alice ao retratar a passagem do tempo de forma incomum, dar características excêntricas aos personagens e criar uma Alice que parece emocionalmente desconectada dos acontecimentos que testemunha. Para retratar os pensamentos da menina, Jonathan Miller optou por fazer a personagem expressar seus pensamentos em uma voz sussurrada, sempre com uma expressão distante no rosto. Outro detalhe dessa versão é que, com exceção do gato de Cheshire, nenhum dos personagens antropomórficos do livro é caracterizado com fantasias ou máscaras. Eles se apresentam com roupas vitorianas e trejeitos típicos ingleses, elementos que reforçam o aspecto crítico-satírico da obra de Carroll com relação à sociedade britânica e aprofundam a sensação de insanidade.

Nessa esteira, explorando a loucura e a confusão mental, o filme brasileiro *Alice no País das Mil Novilhas* é outro exemplo interessante. Lançado em 1976, esse curta foi a estreia de Edgard Navarro como diretor. Nesta obra, toda gravada em super8, o livro de Carroll é colocado em paralelo com a novela *Fazenda-modelo*, de Chico Buarque, e origina uma versão psicodélica ambientada no sertão nordestino, onde Alice tem alucinações depois de ingerir um cogumelo nascido do estrume do gado. Com músicas brasileiras e estrangeiras na trilha sonora e uma estrutura fragmentada, Navarro cria um filme sobre devaneios e fantasias, em estreita relação com a experiência alucinógena que se difundia em meados da década de 1970.

O diálogo entre surrealismo e nonsense também foi muito bem explorado pelo cineasta tcheco Jan Švankmajer. O curta-metragem *Jaguardarte* (*Žvahlav aneb šatičky slaměného Huberta*), lançado em 1971, é um filme surrealista baseado livremente no poema "Parlengão", de Lewis Carroll, presente em *Através do espelho e o que Alice viu por lá*. Aqui, o diretor utiliza muitas das técnicas que aparecerão novamente em seu longa-metragem, uma das versões mais interessantes de Alice. *Alice* (*Něco z Alenky*), lançado em 1989, lança uma nova luz sobre a história de Carroll ao aproximar o surrealismo e o nonsense e amplificar os aspectos grotescos de *As aventuras de Alice no País das Maravilhas*. A opção de Švankmajer por mesclar a interpretação da atriz em *live-action* com a animação em *stop-motion* causa desconforto no espectador, que observa a naturalidade dos movimentos da menina em oposição à movimentação rígida de marionetes, animais empalhados e objetos de cena. O filme retrata a sensação de tensão que perpassa o romance de Carroll, além do grotesco característico do manuscrito, presente nas ilustrações feitas pelo autor. Švankmajer cria uma obra que se funda na estranheza do sonho e do pesadelo, criando tensões entre uma

Alice criança e um ambiente tétrico com criaturas assustadoras, em um filme sem muitas falas, mas permeado por barulhos feitos pelos personagens e objetos em cena.

Existem adaptações que optaram por abordagens bem diferentes de Miller, Navarro e Švankmajer e preferiram reduzir o nonsense e desenvolver o filme como uma narrativa aventuresca. O especial *Alice no País das Maravilhas* (*Alice in Wonderland*) feito pela NBC em 1999 é um bom exemplo desse caso. Dirigido por Nick Willing, o filme utiliza recursos digitais e computação gráfica para criar cenários grandiosos e personagens em 3D, uma tecnologia que estava em franco desenvolvimento, para interagir com os atores ou modificá-los. Os personagens são interpretados por atores famosos como Tina Majorino, Whoppy Goldberg, Ben Kingsley, Christopher Lloyd, Gene Wilder, entre outros. A história começa com a Alice precisando cantar em frente aos convidados dos pais em uma festa. Nervosa, esconde-se no jardim, por onde o Coelho Branco passa apressado e a menina o segue. Nessa versão, no entanto, a experiência no País das Maravilhas é um tanto educativa, uma aventura de amadurecimento na qual Alice encara suas inseguranças.

O destaque para a aventura também aconteceu na releitura da Disney *Alice no País das Maravilhas* (*Alice in Wonderland*), feita em 2010, com direção do estadunidense Tim Burton. A obra utilizou atores em *live-action*, alguns digitalmente modificados, que interagiam com personagens desenvolvidos por modelagem 3D em um universo inteiramente virtual. O filme de Burton usou as tecnologias cinematográficas mais modernas disponíveis e foi todo adaptado para permitir a projeção em 3D no cinema, um formato muito aclamado na época. O filme não propõe necessariamente uma adaptação, mas uma sequência para a história de Alice depois do sonho com o País das Maravilhas. Aos 19 anos, a personagem se sente pressionada pela sociedade vitoriana e encurralada por um casamento arranjado que a desagrada. Tentando fugir da situação, segue o Coelho Branco e cai pela toca até o País das Maravilhas, que conheceu quando criança. Ali, descobre que os habitantes são oprimidos pela Rainha Vermelha e que seu destino é salvá-los derrotando o monstro Jaguadarte. Nessa versão, a personagem se afasta da criança curiosa e questionadora para se tornar uma heroína clássica. Ainda que a linguagem visual do filme seja rica e trace conexões com diversas leituras anteriores que Alice recebeu no cinema, Burton distancia-se do original ao conferir a ela uma missão e aproximar a narrativa de uma jornada do herói. A tecnologia permitiu ao diretor criar um mundo maravilhoso, mas que não se relaciona de forma alguma com o nonsense do livro original. Ainda assim, o sucesso nas bilheterias garantiu a produção da continuação do filme, *Alice através do espelho*, em 2016.

Observando tantas versões, podemos perceber que são inúmeros os caminhos para Alice. Sua história foi retratada por filmes mudos em preto e branco no começo do século XX, diversas técnicas de animação, superproduções em *live-action* com elencos estelares e megaproduções hollywoodianas, que criaram um País das Maravilhas inteiro em computação gráfica. São mais de 40 adaptações feitas em diferentes países, resultando em uma riqueza enorme de interpretações e experimentos artísticos que trazem temas caros à época em que foram realizadas.

Em uma tarde dourada no Tâmisa, Lewis Carroll criou uma história que não encontrou seu fim até hoje. A cada leitura que recebe, Alice provoca, intriga e reverbera, inspirando outras obras que, por sua vez, encontrarão seus próprios ecos. A menina que se transforma durante toda a história do livro, se metamorfoseia também em nossa realidade, pelos olhares de seus leitores em um diálogo sem fim. Com o livro em mãos, nosso papel é seguir o Coelho Branco e ler, reler, assistir e experimentar o País das Maravilhas para construir, pouco a pouco, nossa própria Alice.

NATHÁLIA XAVIER THOMAZ é mestre em Literatura Infantil e Juvenil pela USP. Em sua dissertação, abordou o grotesco na adaptação de *Alice* feita por Jan Švankmajer. Doutoranda na mesma área, sua atual pesquisa aborda os diálogos entre as histórias em quadrinhos e outras artes.

Afetos e efeitos, fugas e capturas: a revolução carrolliana

por

Ana Carla Bellon

Mas a arte nunca é um fim, é apenas um instrumento para traçar as linhas de vida [...].
(Deleuze e Guattari)[1]

Onde está o meu Coelho Branco?

Imersa nas histórias das Alices há mais de uma década, é comum que me questionem o que exatamente me fascina nessas obras. Assim como a personagem, a resposta costuma variar a depender da época — mas, de uma maneira geral, há dois aspectos que se imbricam e que constroem o Coelho Branco que persigo. O primeiro é da ordem dos afetos; o segundo, da ordem do revolucionário, e ambos se misturam.

---

1 DELEUZE, Gilles; GUATTARI, Félix. *Mil platôs: capitalismo e esquizofrenia 2*. São Paulo: Ed. 34, 1996, p.53.

O encontro com a obra de Carroll foi um acontecimento de paixões alegres, e acredito que muitos leitores dividam comigo esse afeto feliz. Eu me vi no espelho de Alice nessa perseguição por mim mesma — parte indissolúvel da leitura de ficção e, principalmente, daquilo que faz valer a aposta de iniciar e terminar um livro. Ler as Alices é também ser lida por elas, na medida em que o encontro com o outro é uma das grandes potências desta obra. Perder-se em seus labirintos é construir operações de vida maravilhosas e divertidas, é encontrar caminhos libertos da servidão e da selvageria do mundo.

As aventuras de Alice no País das Maravilhas e *Através do espelho e o que Alice viu por lá* são obras muito conhecidas, até mesmo por pessoas que nem sequer tiveram contato direto com elas. Seja por meio de adaptações e releituras cinematográficas (que costumam mesclar ambas as histórias em uma só), seja pela presença das personagens no universo infantil, Alice é parte do imaginário coletivo, como é o caso de outros grandes personagens como Dom Quixote e Sancho Pança. De algum modo, estas duas obras literárias de Lewis Carroll atravessaram gerações e ganharam o mundo, refletindo-se de diversas maneiras na vida das pessoas.

Não são obras que necessitam de *resgate*; elas, por si só, se fazem presentes por meio dos inesgotáveis sentidos que carregam. São tão repletas de significados que, ao passar de leitor a leitor, esses efeitos se multiplicam, o que faz com que as obras permaneçam sempre vivas, em movimento, se reatualizando.

A fascinação de leitores do mundo todo pela linguagem do universo carrolliano tem relação com o efeito que surge ao final da história. Em uma primeira leitura, é muito provável que o leitor fique impressionado com tudo o que conheceu ali e toda aquela confusão dos mundos paralelos, mas também que não saiba explicar exatamente como aquilo tudo se construiu — e esse é um convite para retornar ao País das Maravilhas e ao Mundo Através do Espelho. A cada vez que relemos estas obras, encontramos novos elementos e, por isso, é sempre bom levar mais coisas na bagagem, caso a estadia por lá acabe durando mais do que o previsto.

Eis o aspecto dos afetos. Ao lado dele, no início do texto, menciono ainda um outro traço fascinante do Coelho Branco: aquele da ordem do revolucionário. Este está, por sua vez, relacionado a um interesse profundo pelo insólito, pelos sentidos múltiplos e inesgotáveis, pela linguagem e pelas imagens em sua potência máxima, que nos colocam nessa posição de eterno retorno à obra. Essa inesgotabilidade atravessa também outra manifestação artística do autor: a fotografia.

Conselhos de uma Lagarta

Quem é Lewis Carroll? Certamente um número expressivo dirá que Carroll é o autor das Alices. Sobre isso não há dúvidas. Contudo, Lewis Carroll é apenas uma das facetas de uma máquina criadora. Quem é Charles Dodgson? Menos óbvia e menos consensual, a resposta a essa questão é diferente da primeira, mas não se separa dela. É uma resposta múltipla, e os diários do autor nos dão algumas pistas sobre ela, como a anotação que segue: "Fotografei a maior parte do dia: fiz uma *composição artística*, 'a fuga', com Alice Donkin[2] de pé no parapeito

---

[2] Apesar da coincidência de nomes, não se trata da Alice que inspirou a escrita dos livros, de sobrenome Liddell.

da janela do seu quarto, *encenando* uma fuga munida de corda e escada, e outra das 'daminhas de honra', Alice e Polly atrás da moldura de um quadro."[3] Além de escritor, Dodgson também foi artista e fotógrafo e, inclusive, especula-se que ele não queria, a princípio, que seu nome de batismo estivesse vinculado à obra literária — daí a necessidade de criar um pseudônimo. Ironicamente, a história o imortalizou como escritor de ficção.

A fotografia foi importante para Charles, um experimento no qual ele estava muito mais focado do que na escrita literária. Além de ter vivenciado os primórdios dessa arte, seus diários e biografias deixam muito claro o envolvimento de pesquisador que Dodgson tinha com a fotografia. Para além do amadorismo, portanto, ele fez experimentos de manipulação e narrativa fotográfica em um tempo em que a foto visava apenas "eternizar" retratos mais fiéis que a pintura. Ele costumava se referir ao fotógrafo como artista, visão que apareceria apenas muito tempo depois, o que revela seu caráter visionário e de ruptura.

A princípio, no entanto, isso não seria razão suficiente para me debruçar sobre a obra fotográfica do autor a fim de tratar das histórias das Alices. Quando percebemos, porém, as pistas que ele e seus críticos deixaram, tanto nas próprias imagens como nos registros sobre elas, vemos que há muito de sua obra literária nas fotografias. Ou melhor, como estas vieram antes daquelas, vemos que há muito de sua fotografia em sua obra literária.

Ao final dos livros, Alice desperta de um sonho, e isso significa muito mais do que a aparente explicação do País das Maravilhas ou do Mundo Através do Espelho. Ela

---

[3] CARROLL *apud* COHEN, N. Morton. *Lewis Carroll: uma biografia*. Rio de Janeiro: Record, 1998, p. 199.

desperta de sonhos sem moral e a transfiguração da moral na obra de Carroll é um dos fatores indispensáveis a sua reflexão e um dos aspectos revolucionários de sua obra. Não se trata de um quebra-cabeça montável, não tem função didática, e o leitor é apresentado a caminhos livres de leitura. A arte encontra na obra de Carroll uma forma de relativizar as verdades cristalizadas de seu tempo (vai uma leitura alegórica aí?). Além disso, a literatura sem moral, em um contexto em que tudo que se lia para as crianças estava atrelado a uma lição é, por si só, um movimento revolucionário. Essa literatura liberta não apenas as crianças, mas também os adultos. Charles enfrentou vários sistemas, como o da literatura infantil, o da realidade conhecida, o da fotografia como cópia do real, para listar apenas alguns.

A literatura e a fotografia de Carroll são incapturáveis por mecanismos dicotômicos habituais. Em outras palavras, quando tentamos explicar sua construção, algo sempre escapa e escorre de nossas mãos analíticas frias para se abrir a novas perguntas. São suas linhas de fuga, justamente aquilo que escapa, que mantêm latente nosso interesse. Mais do que isso, são as linhas de fuga que constroem o efeito do insólito, o auge de sua composição ficcional como um todo.

O insólito a que me refiro se constrói na dupla acepção do prefixo -*in* — de negar e adentrar —, ou seja, é o que nasce de dentro do sólito (habitual, conhecido, comum) para enfrentá-lo ao mesmo tempo que o fortalece. É o insólito que faz o discurso carrolliano ser incômodo ao final da leitura, que o faz ser diferente, inesperado, absurdo, maravilhoso, cativante; é por meio dele que os efeitos chegam de forma tão marcante a seus leitores: o nonsense, o maravilhoso, o fantástico, o faz-de-conta, o surreal (os mais categóricos certamente encontram dificuldade em categorizar as Alices em uma só caixa). Esse mecanismo atravessa também um conjunto de suas fotografias, que constroem, por meio de engrenagens diversas, uma grande maquinaria artística e ficcional. Façamos um experimento prático de cruzamento de efeitos e afetos, de fugas e capturas. Pegue, então, sua xícara e venha para este "chá enlouquecido".

O Jardim de flores vivas: Três Alices

The Elopement [A fuga para se casar]. Fotografia de Lewis Carroll, 9 de outubro de 1862.[4]

A fotografia mencionada por Carroll em seu diário, de Alice Donkin em pé no parapeito, é justamente essa acima.

---

4 Fonte: Photo Poche de Lewis Carroll, 2012, foto 8.

Observe-a por alguns instantes. É possível que surjam algumas questões, como: "Quem é esta menina?", "O que ela faz?", "O que a leva a estar naquela posição?". Os questionamentos decorrentes da observação dessa fotografia produzem efeitos diversos a depender de cada olhar — susto, quem sabe, ou medo, vertigem, curiosidade. Logo nossa visão alcança o objeto que sustenta a personagem dessa foto: uma escada de corda. E aí novos questionamentos podem se abrir: "Ela está escapando?", "Está presa?". Eis os elementos de que dispomos, não sabemos que casa é esta nem as circunstâncias da suposta fuga. O que sabemos a respeito desta cena vertiginosa se restringe ao que podemos supor.

No entanto, há um aspecto que atravessa essa imagem e que é parte do imaginário de todos nós: a fuga de uma menina que traz uma cesta e um capuz. De repente somos levados até a Chapeuzinho Vermelho de Charles Perrault e dos irmãos Grimm, entramos no território do conto de fadas e novas questões se abrem: "Quem é o lobo mau?", "Para onde ela foge?".

Carroll se referiu a essa fotografia como uma "encenação", uma "composição artística", e, portanto, estamos no terreno da ficção. Isto colabora para compreendermos a razão de essa fotografia nos impactar duplamente: primeiro porque nos colocamos diante de uma cena que de fato existiu — manipulada ou não —, e porque há uma narrativa que a atravessa e a mobiliza. De um lado temos sua potência ficcional e, do outro, a impressão de que aquilo esteve de fato ali. Esse jogo produz efeito insólito e provoca uma infinidade de capturas e fugas de sentidos. Carroll não costumava tirar fotografias externas, essa é uma das poucas feitas fora de estúdio e, para além disso, ainda ilustra um episódio narrativo. A fotografia já é, por si só, uma revolução no padrão do autor.

Alice Donkin está imóvel sobre o parapeito: observando a fotografia de um ponto de vista não ficcional, trata-se de uma criança diante de um perigo iminente. A possibilidade de queda latente na construção da cena muito se aproxima da queda da própria Alice pela toca do Coelho Branco. Isso, é claro, se considerarmos que a foto não foi manipulada — e não parece mesmo ter sido —, mas, de qualquer forma, o efeito fotográfico perpassa essa ideia. Se, por outro lado, essa fotografia tiver sido manipulada, tanto mais potente a ficção, pois não há indícios de manipulação aparente.

Há no olhar de Alice Donkin/Chapeuzinho Vermelho um misto de atenção e medo diante da escada de corda instável na qual se apoia e da altura que a espera. O modo delicado com que parece se apoiar, aliado à escada movediça, constrói uma tensão vertiginosa. Ela esteve ali parada por alguns instantes (lembremos que o tempo de disparo das fotografias nessa época era muito maior), tendo ficado exposta aos perigos que a altura proporciona a qualquer um.

O título da fotografia nos concede outra possibilidade de resposta: a fuga, ou melhor, *The Elopement* — a fuga para se casar. Esse título fornece novos contornos à fotografia quando descobrimos que em 1862 Alice Donkin, modelo da foto, tinha apenas doze anos e já estava comprometida, como costume da época, com o irmão de Carroll, Wilfred Dodgson, com quem de fato se casou nove anos mais tarde. Nenhum acidente aconteceu com Alice no momento da foto (ufa), mas, ainda assim, a possibilidade da queda se eterniza na imobilidade fotográfica. Aqui, a força ficcional é mais potente que a realidade. Além disso, a fuga é também a de Chapeuzinho Vermelho, que tapeia a mãe para escolher seu próprio caminho ou, de outro ponto de vista, para encontrar o Lobo Mau (ladrão de infância), que, neste caso, é seu futuro marido.

Mesmo no século XIX, doze anos era sinônimo de infância, e Carroll a atravessa com uma fuga adulta que escapa e se estabelece no próprio processo de fugir para casar-se escondido. Há nesta fotografia, novamente, uma dupla fuga: um sentido que remete ao ato de fugir, latente na Alice que se equilibra no parapeito da janela, e um outro sentido que é a fuga do próprio sistema de normas e morais da infância-idade adulta. Perceba como este cruzamento cria o insólito da fotografia que é, em si, fugaz, incapturável, pois se dá no ponto em que as possibilidades interpretativas se abrem sem resposta, no momento da nossa própria hesitação.

Alice, quando adentra a toca do Coelho Branco, também foge e sofre uma queda. Ela foge do tédio, dos padrões, das ordens, de todo um sistema para entrar em uma outra sociedade na qual o fato de ser criança não a impede de seguir sozinha, e onde encontra sua autonomia e segue por onde quer, sem que os habitantes se importem com o fato de ela ser uma criança perdida:

— Você poderia, por favor, me dizer que caminho eu devo tomar?
— Isso depende muito de aonde você quer chegar — disse o Gato.
— Eu nem estou preocupada com isso... — disse Alice.
— Então não faz diferença o caminho — respondeu o Gato.
—... desde que eu chegue a algum lugar

— Alice acrescentou como explicação.
— Ah, mas isso é garantido — disse o Gato —, é só você andar o suficiente.

Nesse momento, como na fotografia, há uma reinvenção da própria infância. O insólito da foto e do fragmento da obra reside na autonomia infantil. As linhas de fuga possibilitam às duas Alices, da foto e do livro, traços adultos que constroem uma atmosfera insólita e, ao mesmo tempo, de busca de liberdade (busca que também acomete o leitor que é afetado pelas histórias de Alice). No País das Maravilhas, Alice desconstrói suas afirmações para reconstruí-las nas incertezas — do mesmo modo como a fotografia de Alice Donkin faz com o espectador ao cruzar múltiplas linhas. Alice é afetada pelos desejos dos habitantes daquele país, que movimentam seus padrões e a levam a ocupar o espaço de formas sempre diferentes por meio de suas mudanças constantes, e muito evidentes, de tamanho.

Alice é afetada pelos habitantes e esses afetos a tomam de maneira insólita, como resposta física e espacial. Após o diálogo bastante cansativo com a Lagarta, por exemplo, Alice muda de tamanho abruptamente e comemora:

> — Ora, minha cabeça finalmente está livre! — disse Alice com alegria, que se transformou em espanto no momento seguinte, quando ela descobriu que não enxergava mais os ombros; a única coisa que via, ao olhar para baixo, era um pescoço imenso, que parecia brotar como um caule de um mar de folhas verdes lá embaixo.

Ela afeta e é afetada pelo espaço de maneira alegre, ao mesmo tempo que o espaço afeta e é afetado por ela: eles estão indissoluvelmente relacionados. Há assim uma reinvenção do corpo, na qual importa menos a estrutura e mais o efeito. Seu tronco encolhe de maneira a fazer com que seus membros simplesmente sumam. Alice é tomada pela sua experimentação daquele mundo (imagine isso! Não é simples, por essa e por outras, a ilustração dessa obra é parte indissociável de seu efeito de sentido).

A queda pela toca do Coelho é interminável, "caindo, caindo, caindo", é uma queda que parece não chegar ao fim, que se estende por muito tempo, como a própria possibilidade de queda eternizada na fotografia. Essa queda se constrói por meio do espaço, que vai mudando na composição do túnel vertical por onde Alice despenca lentamente (ela tem tempo até mesmo de checar um pote de geleia e devolvê-lo em uma outra estante que surge na queda). Assim como na fotografia, a configuração física da personagem (feição infantil, olhar, mãos) e sua relação com o espaço criam esse efeito insólito e inesperado.

E por falar em queda, em vertigem, em afeto, em espaço: *Através do espelho* nos apresenta à personagem icônica Humpty Dumpty, em cujo episódio há linhas semelhantes que cruzam a experiência de Alice. A possibilidade de queda do muro preocupa Alice em seu diálogo com Humpty Dumpty:

> — Você não acha que ia correr menos riscos aqui no chão? — Alice continuou [...] — Esse muro é tão estreito!
> [...] Humpty Dumpty respondeu num

rosnado. — Claro que eu não acho! Ora, se um dia eu acabasse caindo, e não há a menor chance de isso acontecer [...].

A ocupação pouco usual que Humpty Dumpty faz do espaço desafia as leis realistas, ele se coloca sem preocupação em um equilíbrio constante e perigoso que é o de um ovo em cima de um muro, que é o da fronteira entre realidade e ficção. Humpty Dumpty não teme a queda, mas Alice, pungida pela configuração do espaço, fica incomodada com esta possibilidade. Alice também é leitora da fotografia *The Elopement*, na medida em que é afetada pelas multiplicidades e pela vertigem experimentada por quem a vê.

Quem sonhou?

O exercício divertido, curioso e liberto de entrecruzar linhas nos abre, enquanto leitores, ao insólito carrolliano, que é uma potência ficcional não apenas de suas Alices literárias, mas de seu universo fotográfico. Encontramos em suas fotografias elementos marcantes das histórias de Alice, como reis e rainhas, o jogo de xadrez, o mundo de faz de conta, o sonho. Se você ficar "fervendo de curiosidade", procure por algumas outras fotografias como *The Dream* (1863), *Annie Rogers and Mary Jackson* (1863), *Reginald Southey with Skeletons* (1857), *Fair Rosamund* (1863), *Saint Georges and the Dragon* (1875), *Henrietta and Margaret Lutwidge* (1859) e faça seus passeios ficcionais.

Nessa prática liberta de cruzar linhas da vida com as da ficção, também descobrimos um montão de coisas sobre o contexto no qual viveu o autor, pois, assim como Alice descobre com o gato de Cheshire, há muitos caminhos possíveis, e todos eles mais ou menos servem se você ainda não sabe bem o que busca — mesmo nessa situação, todos serão fantásticos.

Ao colocar em xeque os paradigmas da realidade conhecida, o insólito desestabiliza a ordem do sistema e irrompe em um movimento de contracorrente. O insólito revoluciona o real, ele opera pela transgressão[5], pela ruptura da obediência às normas[6], é a liberdade da criança e do leitor do mundo. Alice naquele País das Maravilhas se vê em um espaço transgressor das normas que ela conhece, o que também ocorre do outro lado do espelho. Um lugar onde espera-se que as coisas se apresentem contrárias ou invertidas mantém a surpresa: não basta apenas correr muito para ficar no mesmo lugar, seria preciso correr duas vezes mais rápido para ir a algum outro lugar. Ambos os espaços surpreendem a protagonista e operam sobre ela a necessidade de se deixar guiar pelo desejo. Alice é teimosa a princípio, mas vai aos poucos entendendo que deve dar vazão à curiosidade e aos afetos que surgem de seus encontros. O desejo, revolucionário, desestabiliza as normas, e o insólito abre as possibilidades.

Carroll, em suas fotografias, manipula elementos insólitos e constrói uma narrativa que deixa suspensa a escolha única ou dicotômica, e mantém abertas as inúmeras possibilidades de interpretação. Tanto em uma Alice como na outra, o leitor pode surfar em alegorias, referências ou construir os próprios sentidos, como fiz antes. É quase

---

5 COVIZZI, Lenira Marques. O *insólito em Guimarães Rosa e Borges*. São Paulo: Ática, 1978.

6 BESSIÈRE, Irène. *Le récit fantastique: la poétique de l'incertain*. Paris: Larousse, 1974.

infinito, mas quando paramos para analisar os processos internos de como isso acontece, usando ferramentas categóricas, a coisa é quase incapturável. Isso ocorre pois é justamente porque é o insólito (por meio do surreal, do nonsense, do fantástico...) que mantém a obra viva, reatualizada, é revolucionário na medida em que enfrenta as capturas tradicionais e o próprio tempo.

Ao lermos e relermos a obra de Carroll em nossos dias, em diálogo com seu contexto, construímos um mecanismo que contém vida própria. A literatura e a fotografia se alimentam e dão eterno movimento ao seu conjunto de obra, é um moto-perpétuo, como o infinito movimento de um espelho diante do outro, como a continuidade dos sonhos de Alice dentro dos quais todos acordamos ao abrir as páginas destes livros. O contínuo eco do País das Maravilhas em nossa sensibilidade nos faz hesitar entre acreditar ou não que aquele sonho acabou. A recorrência das leituras e releituras das Alices e sua persistência em nosso imaginário estão nos dizendo que ele não acabou. Independentemente das nossas tentativas de abarcá-lo, esse sonho é versátil e resistente e nos oferece inúmeros caminhos para percorrer, descobertas, surpresas e maravilhas, da mesma forma vivenciada pelas Alices. É arte para a liberdade.

ANA CARLA BELLON é mestra em Estudos Literários pela UFPR e doutora em Literatura Comparada pela UERJ. É autora da tese *O insólito revolucionário na literatura e na fotografia de Lewis Carroll* (2019), que foi base de pesquisa para este posfácio.

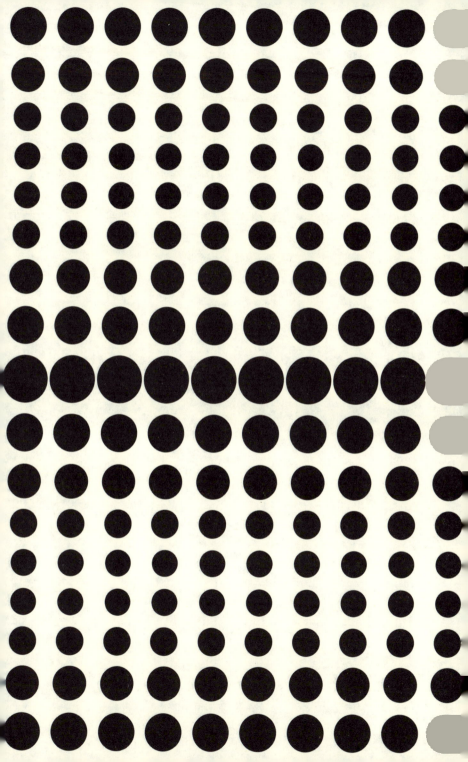

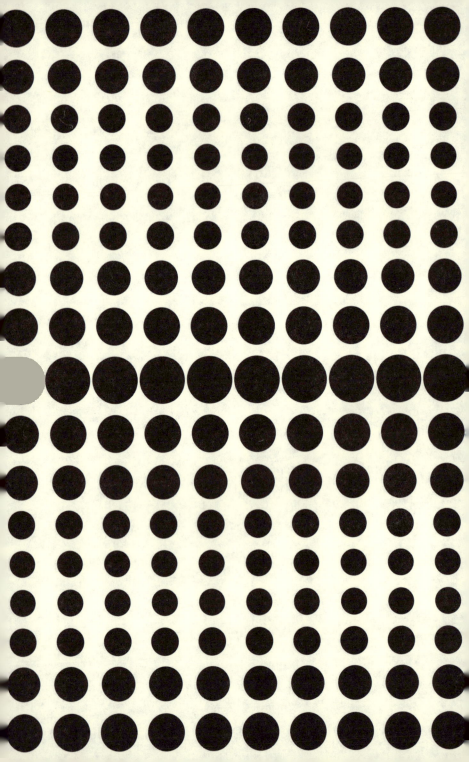

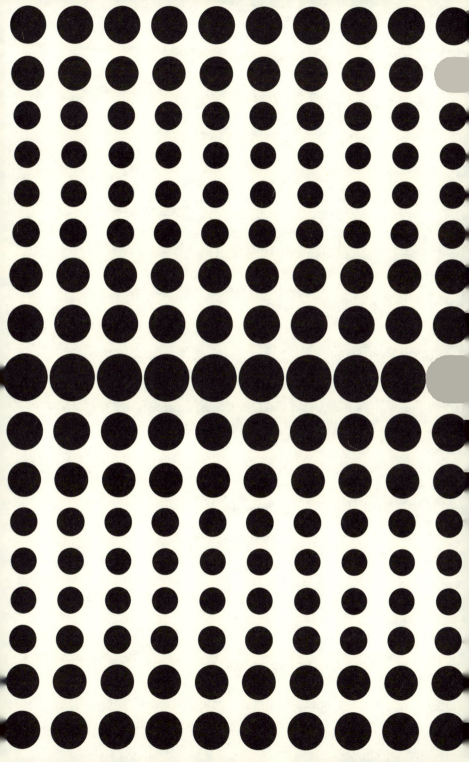

Dados Internacionais de Catalogação na Publicação (CIP)

C319a

Carroll, Lewis

As aventuras de Alice no País das Maravilhas / Lewis Carroll ; tradução por Caetano W. Galindo ; ilustrações por Giovanna Cianelli. – Rio de Janeiro : Antofágica, 2023.

208 p. : il. : 14 x 21 cm

Título original: Alice's Adventures in Wonderland

ISBN: 978-65-80210-23-7

1. Literatura inglesa. I. Galindo, Caetano W. II. Cianelli, Giovanna. III. Título.

CDD: 823   CDU: : 821.111

André Queiroz – CRB 4/2242

Todos os direitos desta edição reservados à

Antofágica
prefeitura@antofagica.com.br
instagram.com/antofagica
youtube.com/antofagica
Rio de Janeiro — RJ

1ª edição, 2023.

DE OLHOS VERMELHOS, DE PELO BRANQUINHO, VOU
SEMPRE ATRASADO, TIQUE-TAQUE, RELOGINHO

*Em setembro de 2023 a equipe da Ipsis Gráfica quase perdeu a
cabeça, mas imprimiu nas cores certas, usando papel Pólen Soft 80g,
este livro composto em Century e Roca One.*